Une île pour s'aimer

KANDY SHEPHERD

Une île pour s'aimer

AZUR

HARLEQUIN

Collection : Azur

Titre original :
PREGNANCY SHOCK FOR THE GREEK BILLIONAIRE

HARPERCOLLINS FRANCE
83-85, boulevard Vincent-Auriol, 75646 PARIS CEDEX 13
Service Lectrices — Tél. : 01 45 82 47 47 - www.harlequin.fr
ISBN 978-2-2804-9895-1 — ISSN 0993-4448

Composé et édité par HarperCollins France.
Imprimé en décembre 2023 par CPI Black Print (Barcelone)
en utilisant 100% d'électricité renouvelable.
Dépôt légal : janvier 2024.

FSC
www.fsc.org
MIXTE
Papier issu de sources responsables
FSC® C159065

Pour limiter l'empreinte environnementale de ses livres, HarperCollins France s'engage à n'utiliser que du papier fabriqué à partir de bois provenant de forêts gérées durablement et de manière responsable.

1

Stefanos Adrastos...

Claudia Eaton fixa si longuement le nom inscrit sur le formulaire que sa vision se troubla. Ce ne pouvait pas être lui. Sans doute une coïncidence, car ce nom était très répandu en Grèce. Et si son cœur avait tressailli dans sa poitrine en le découvrant, ça ne voulait rien dire.

Elle prit une profonde inspiration. La réservation était arrivée quelques jours plus tôt chez People Who Pack, la société qu'elle dirigeait, en provenance d'une entreprise de déménagement qui faisait régulièrement appel à PWP pour emballer du mobilier. En raison d'une annulation de dernière minute, elle avait pu trouver un créneau pour commencer le matin même. Elle s'était empressée de noter l'adresse, sans prendre garde aux autres renseignements fournis, dont ce nom.

Si elle l'avait remarqué, jamais elle ne se serait retrouvée sur le perron de cette maison géorgienne. Elle aurait envoyé un de ses employés. Évidemment, elle aurait encore pu rebrousser chemin et s'enfuir en prétextant s'être trompée d'heure, mais PWP avait une réputation à maintenir. Alors, pas question de faire faux bond à un client sous prétexte que son nom évoquait pour elle un passé révolu.

Ce Stefanos Adrastos n'était sûrement pas celui qui lui avait brisé le cœur des années plus tôt. Il faisait déménager ses affaires personnelles de Bloomsbury à Athènes alors que le Stefanos qu'elle avait connu n'avait jamais envisagé de vivre ailleurs qu'en Grèce, et surtout pas au centre de Londres. Héritier de l'entreprise de transport maritime familiale, il en avait sans doute pris les rênes aujourd'hui.

Elle tenta de se convaincre que ce client était un universitaire – cet appartement se trouvait à deux pas du British Museum, de la British Library et de plusieurs universités. À moins qu'il n'ait abrité un étudiant auquel des parents fortunés pouvaient se permettre d'offrir un logement plus confortable que la moyenne ?

Toutefois, mieux valait s'assurer au plus vite que cet homme n'était pas son premier amour, qu'elle n'avait plus revu depuis dix ans – elle avait alors dix-neuf ans. Elle effectuerait ensuite sereinement le travail pour lequel elle était venue. Néanmoins, c'est d'une voix tremblante qu'elle se présenta, à travers l'Interphone :

— Claudia, de la société PWP.

La porte imposante s'ouvrit sur un hall de marbre d'où un petit ascenseur la conduisit à l'appartement numéro trois, qui occupait tout le dernier étage. Dans l'embrasure de la porte ouverte, elle découvrit une haute silhouette et reconnut aussitôt l'homme aux larges épaules et à la chevelure sombre : Stefanos. C'était bien lui ! Elle le fixa, doutant malgré tout de sa présence, là, au cœur de Londres. Son premier amour, sans qui elle avait pensé ne jamais pouvoir vivre, même s'il avait bien fallu...

Le sourire de Stefanos se figea lorsqu'il la reconnut à son tour.

— Toi... souffla-t-il.

— Oui... moi.

— Claudia. C'est comme ça qu'on m'a présenté la personne qui devait procéder à l'emballage.

Son anglais était teinté d'un léger et charmant accent qu'elle avait toujours adoré.

— Je ne savais pas non plus que c'était toi. Sinon...

Elle faillit dire : « Sinon, je ne serais pas venue », mais aurait-elle pu résister à la perspective de le revoir ? Et lui, aurait-il annulé s'il avait su que c'était elle ?

Elle ne pouvait détacher ses yeux de lui. En dix ans, il avait changé. La dernière fois qu'elle l'avait vu, il avait vingt ans, des boucles brunes coupées court, une ombre de barbe sur le menton, une peau mate, mais claire. Aujourd'hui, il lui paraissait plus grand, plus carré. Et plus beau encore.

Elle sentit sa peau claire s'empourprer jusqu'à la racine de ses cheveux roux. Jamais elle ne s'était évanouie, mais un vertige la saisit au point qu'elle dut s'agripper au chambranle de la porte et lâcha le dossier qu'elle tenait à la main. Des papiers s'en échappèrent et s'éparpillèrent sur le seuil et à l'intérieur de l'appartement.

— Désolée, balbutia-t-elle sans reconnaître sa propre voix.

Elle se baissa pour les ramasser en même temps que lui et leurs épaules se heurtèrent. Il était tout proche d'elle, leurs joues se touchaient presque et elle reconnut son odeur bien trop familière encore.

Pour rompre le contact, elle recula d'un pas.

— Désolée, répéta-t-elle.

Dix ans plus tôt, il n'avait même pas voulu écouter ses raisons.

— Laisse-moi t'aider, dit-il.

Trop bouleversée pour protester, elle se contenta de le regarder rassembler les feuilles qui s'étaient échappées du dossier. Il avait toujours les mêmes mains, fortes et bien dessinées, et elle s'efforça d'oublier le souvenir de ces mains sur son corps. Il ne portait pas d'alliance, ce qui ne signifiait rien. Il lui tendit le dossier et les papiers.

— Merci.

— Comme ça, tu t'es reconvertie dans l'emballage ? lança-t-il. Et la carrière que tu envisageais dans l'hôtellerie ?

Il n'avait donc pas oublié son rêve...

— Je l'ai tentée, mais maintenant, je suis passée à autre chose. People Who Pack m'appartient.

Elle avait fondé cette entreprise avec son amie Kitty Clements, même si celle-ci n'y travaillait plus très activement, depuis qu'elle était tombée amoureuse d'un riche client, Sir Sebastian Delfont, qu'elle avait épousé trois mois plus tôt.

— Nous avons bien réussi et ça me plaît d'être ma propre patronne, dit-elle en espérant ne pas avoir l'air sur la défensive.

— Quand même, ça me surprend, répondit-il avec une indifférence un peu forcée. Tu semblais tellement aimer l'hôtellerie !

Oui, plus que lui, même...

C'est exactement ce qu'il lui avait dit, d'une voix qui trahissait son chagrin et sa colère, quand ils avaient rompu. Elle avait dix-neuf ans, lui vingt, et ils s'étaient rencontrés à Santorin. Un flirt de vacances qui s'était vite transformé en une relation plus intense. Mais à aucun moment elle n'avait imaginé son avenir près d'Athènes. Oui, elle désirait Stefanos, et elle savait qu'elle ne se lasserait jamais de lui, mais à dix-neuf ans, elle voyait son avenir s'étendre à l'infini, alors que la vision qu'il avait du sien se limitait aux volontés de sa famille. Il se serait satisfait de rester en Grèce, alors qu'elle brûlait de conquérir le monde, même s'il s'agissait plutôt d'un rêve que d'un désir profond.

Les parents de Claudia tenaient un pub dans un petit village du Devon. Ils proposaient aussi des chambres aux voyageurs souvent venus de loin et, dès sa plus tendre enfance, elle avait adoré participer à cette vie. Elle demandait toujours à ses visiteurs préférés de lui envoyer une carte postale de leur lieu de vie, en Angleterre, en Europe ou ailleurs. Étonnamment, beaucoup le faisaient, et le mur couvert de photos venues du monde entier était devenu une attraction du pub et lui avait donné envie de découvrir elle-même ce monde. Son père disait en plaisantant qu'elle avait l'hospitalité dans le sang, et c'était vrai. Elle rêvait de travailler dans l'hôtellerie et de parcourir le globe.

Hélas, elle avait dû renoncer à ce rêve et limiter ses ambitions. Elle avait compris qu'elles ne la mèneraient qu'à travailler pour de grandes chaînes internationales, trop anonymes. Et son dernier emploi dans ce secteur avait tourné au cauchemar à cause d'une relation avec un de ses collègues qui s'était très mal terminée.

Pour Kitty et surtout pour elle, dont le nom avait été mis sur liste noire par un patron vindicatif, PWP avait représenté la possibilité d'un nouveau départ.

— Et toi ? s'enquit-elle sur un ton d'intérêt poli en s'efforçant de dissimuler sa curiosité. Je suis surprise que tu habites Bloomsbury et non Athènes.

Après son retour en Angleterre à la fin de l'été, il avait rompu tout contact avec elle. « Je ne veux plus jamais entendre parler de toi », avait-il déclaré.

Elle ne l'avait pas cru. Pas après tout ce qu'ils avaient partagé. Mais Stefanos était sérieux et avait bloqué toute communication : réseaux sociaux, téléphone et e-mail. Elle en avait souffert, mais avait fini par l'accepter et ne faisait plus depuis longtemps de recherches sur Internet à son sujet.

— Moi ? Eh bien, j'ai étudié l'archéologie.

— Je pensais que désormais, c'est toi qui dirigeais l'entreprise de transport maritime familiale ! s'exclama-t-elle, stupéfaite. Tu m'avais pourtant dit que c'était ton destin ?

— La situation a évolué, répondit-il d'un ton sec.

Oui, bien des choses avaient changé depuis la dernière fois qu'il avait vu Claudia, songea Stefanos, encore sous le choc de cette apparition soudaine d'une chevelure rousse sur le pas de sa porte, vision surgie du passé.

Elle-même avait tellement changé qu'il avait eu du mal à reconnaître l'adolescente anglaise pleine de vie qui l'avait séduit dès l'instant où elle lui avait servi une bière, dans ce bar de Santorin. Elle était toujours aussi belle, aujourd'hui.

Sa longue chevelure rousse avait tourné à l'auburn profond, plus sombre, coupée au carré à hauteur d'épaule, et sur son nez l'hiver anglais avait fait pâlir les taches de rousseur. Mais, c'était surtout l'expression de ses yeux qui avait changé. Ils étaient toujours aussi bleus que la mer Égée, mais autrefois, ils brillaient de gaieté et d'espièglerie, alors qu'ils semblaient désormais pleins de réserve et de méfiance.

Parce qu'elle était stupéfaite de le revoir ? Ou parce qu'elle avait découvert le côté sombre de l'existence, après l'avoir quitté et laissé panser seul son orgueil blessé ? Mais peu lui importait ce qu'elle savait de sa vie, songea-t-il avec un imperceptible haussement d'épaules.

— Mon père est mort quand j'avais vingt-quatre ans et, ma mère et moi, nous avons vendu la compagnie.

— Oh ! je suis désolée, répondit-elle sur un ton empreint de sympathie. Je me rappelle combien tu l'admirais. Tu as dû être très affecté.

Pourquoi tant de bienveillance ? Pourquoi penser d'abord au chagrin qu'il avait ressenti à la mort de son père, et non pas, comme d'autres femmes, à l'héritage qui lui était revenu ? Mais Claudia s'était toujours montrée aimable et attentionnée à son égard, et sa fortune ne l'avait jamais impressionnée. Il se souvint qu'elle avait elle-même perdu son père quand elle avait quinze ans.

— Parce que mon père était mort ? Oui.

Son père, si puissant et si énergique, avait succombé à un infarctus massif. Stefanos inspira profondément pour surmonter la douleur soudaine qu'il ressentait encore à cette évocation.

— Quant à la vente de la compagnie... Eh bien...

— Tu étais son fils unique... son successeur désigné.

Elle s'en souvenait, donc. Rien de surprenant à ça, en fait, puisque c'est en raison de ces responsabilités familiales auxquelles il n'avait pas voulu se dérober par sens du devoir qu'il avait renoncé à Claudia la voyageuse. Il avait été élevé dans l'idée qu'il dirigerait un jour Adrastos Shipping Group dont son père avait lui-même hérité. Malgré une aptitude innée pour les affaires, il n'avait jamais envisagé de mettre si tôt ses pas dans ceux de son père. Sa mère, elle-même fille d'un magnat du transport maritime, avait deviné cette ambivalence. Quand on leur avait proposé de vendre la compagnie, ils avaient accepté et renoncé au volet tankers et containers de l'affaire, pour ne conserver que la location de bateaux de plaisance, plus rentable et qui les intéressait davantage.

— Ça a été mon choix, dit-il trop vite.

— Je suis contente de savoir ce que tu es devenu, mais sérieusement, il faut que je me mette au travail. Si tu préfères que ce chantier soit pris en charge par quelqu'un d'autre, j'ai une excellente employée qui vit tout près d'ici. En moins d'une heure, elle peut nous rejoindre.

— Je n'ai pas une heure à perdre et il y a beaucoup à faire avant l'arrivée des déménageurs, demain matin.

Jamais il n'aurait admis, maintenant que Claudia avait resurgi dans sa vie de façon si inattendue, qu'il avait du mal à la laisser repartir si vite. Pendant des mois, il avait nourri son amertume envers elle avant d'y renoncer enfin. Elle avait des projets d'avenir trop extraordinaires pour que même le fils d'un milliardaire puisse les réaliser. Et voilà qu'il la retrouvait, à la tête de sa propre entreprise. Pourquoi ?

Des tas de questions lui venaient en tête. Était-elle mariée ? Elle ne portait pas d'alliance... Avait-elle des enfants ? Avait-elle jamais regretté de l'avoir quitté, lui et tout ce qu'il lui offrait ?

— Dans ce cas, je vais me mettre au travail, dit-elle. Indique-moi seulement par où je dois commencer.

Son ton était froid et impersonnel. Si elle était aussi bouleversée que lui par cette rencontre inattendue, elle n'en laissait rien paraître. Il en ferait donc autant, décida-t-il.

2

Claudia dut fournir un énorme effort de volonté pour dissimuler à quel point cette rencontre imprévue avec Stefanos l'avait déstabilisée. Elle qui habituellement n'avait aucun mal à dialoguer avec ses clients ne trouvait rien à lui dire. Même s'il méritait toute son attention professionnelle, il était aussi son premier amour et l'avait fait terriblement souffrir, ce qui compliquait beaucoup la situation. Elle tenta désespérément de regarder la réalité en face. Stefanos. Ici, à Londres ! L'homme qui l'avait rayée de sa vie mais qu'elle n'avait jamais pu oublier. Parfois, elle avait fantasmé sur la possibilité de le revoir – évidemment. Mais dans ses rêves, elle était impeccable, sûre d'elle, coiffée, maquillée, en un mot, parfaite, et non pas vêtue d'un caleçon et d'un vaste T-shirt orné du logo rose de PWP et chaussée de baskets. Ces vêtements de travail avaient beau être pratiques et confortables, ce n'était pas la tenue qu'elle aurait choisie pour le revoir après dix ans.

Elle était toujours sur le seuil et lui à l'intérieur, superbe dans son jean noir et sa chemise de lin vert olive. Elle avait oublié que ses cheveux étaient aussi foncés – sa barbe aussi. Il l'observait, les yeux à demi clos, comme s'il la jaugeait et la trouvait terriblement changée. Il devait se dire qu'elle était tombée bien bas, alors qu'en tant que chef d'entreprise elle se sentait fière d'être parfaitement autonome.

Or elle n'avait pas envie qu'on la juge. Ni lui ni personne d'autre. En relevant la tête, elle fit un pas en avant pour franchir le seuil.

Avec une politesse ostensible, il s'effaça pour la laisser entrer et elle ressentit davantage encore la proximité de son corps et son odeur terriblement virile. Au passage, elle lui effleura le bras et dut se contrôler pour ne pas s'écarter. Non qu'elle trouve ce contact désagréable, mais parce qu'il redoublait encore la conscience aiguë qu'elle avait de sa présence physique.

Elle respira à fond. Éprouvait-il la même sensation ? Leur relation avait été très physique et, dès qu'elle l'avait vu, elle l'avait aussitôt désiré. Il y avait quelque chose en lui, une assurance, un soupçon d'arrogance assumée, qui lui avait fait penser qu'il partageait ses sentiments... Ils avaient passé tellement de temps à faire l'amour sans se trouver jamais rassasiés l'un de l'autre ! S'en souvenait-il ?

Jadis, elle n'avait qu'une idée en tête : se jeter dans ses bras dès la fin de sa journée de travail et passer tout le reste de la nuit avec lui. Chaque soir il l'attendait, dans la rue pavée, devant le restaurant aux murs blanchis à la chaux et aux volets bleus qui dominait la caldera, le large cratère du volcan. Elle ne lui avait jamais demandé pourquoi il ne travaillait pas, ni pourquoi il disposait d'un voilier aussi extraordinaire pour son usage personnel. Elle se sentait simplement bien et très amoureuse jusqu'au jour où elle avait découvert qu'il était le fils d'un des plus riches armuriers de Grèce, et l'héritier d'une immense fortune. Cela n'avait rien changé entre eux. Il était resté son Stefanos, si beau, merveilleux, parfait. Jusqu'au moment où tout avait changé.

Et voilà qu'elle le retrouvait, en plein Londres ! Elle

aurait pu le croiser dans la rue ou dans le bus sans savoir qu'il était si près d'elle. Jamais elle ne s'était sentie si mal à l'aise. Lui non plus d'ailleurs n'avait pas l'air ravi de sa présence dans son appartement, même s'il avait refusé qu'elle fasse venir quelqu'un d'autre pour empaqueter.

Il la guida vers un salon spectaculaire, tout blanc, dépouillé. Le mobilier était très simple - blanc et bois pâle -, orné de quelques pièces archéologiques posées sur des blocs de marbre : une amphore de terre cuite qui aurait fait l'orgueil d'un musée et, sur les murs, des cartes anciennes.

L'ensemble était si spectaculaire qu'elle retint un cri d'admiration. D'abord parce que la règle était, chez PWP, de ne commenter en aucun cas les possessions des clients. Ensuite, parce qu'elle ne savait pas comment le prendrait Stefanos. Cet appartement lui appartenait-il ? Avait-il été décoré à son goût ? Avait-il envie de connaître son avis ? Mieux valait rester impersonnelle, comme l'exigeait le règlement, sans laisser paraître la moindre émotion.

Apercevant une pile de cartons bien pliés et du matériel d'emballage rangé le long d'un mur, elle se sentit rassurée. Comme Kitty et elle le disaient en plaisantant, c'était leur outillage. Empaqueter, elle savait faire, en parfaite professionnelle. Et sans la moindre casse.

— Les employés sont venus déposer le matériel vendredi après-midi, dit Stefanos. Il y en a aussi dans les autres pièces.

— J'aimerais le vérifier, répondit-elle en évitant de croiser son regard.

Avec un minimum de mots, il lui fit faire le tour de l'appartement aussi spacieux que luxueux. De dos, il n'avait pas changé, sauf que cet été-là, il portait un short et rien d'autre. Elle aimait bien le taquiner en lui disant qu'il avait les plus belles fesses de Grèce. Et il lui suffisait qu'il la regarde pour qu'elle fonde de désir.

Elle détourna la tête de ce corps qu'elle ne connaissait que trop bien pour se concentrer sur l'appartement. Toutes les pièces offraient le même décor blanc minimaliste. Sans dévoiler sa curiosité, elle s'enquit des objets qui nécessitaient son intervention. Même si, jadis, il avait eu très envie de fonder une famille, elle ne détecta pas la moindre trace d'une présence féminine ni d'enfants, mais s'abstint de tout commentaire. Car il y avait chez lui une attitude de défense qu'elle n'avait pas décelée auparavant et qui dissuadait de lui poser la moindre question personnelle. Autrefois, ils riaient et parlaient librement, non seulement ensemble mais aussi avec tout un groupe de jeunes gens très cosmopolites, attirés par la beauté mystérieuse des îles grecques. Alors qu'aujourd'hui, elle peinait à lui arracher les quelques mots nécessaires à la réalisation de sa tâche.

— Donc, le mobilier et les installations électriques doivent rester sur place, conclut-elle sur un ton très professionnel, une fois qu'ils furent revenus dans le salon. Seuls les livres, la décoration et les objets personnels doivent être emballés. Le linge de maison et le matériel de cuisine ne bougent pas non plus.

— Exact.

Difficile d'être plus concis.

— Au cas où j'aurais une question à te poser, comment te joindre ?

— Je serai dans mon bureau.

— Je vais donc commencer par le salon.

— Je te laisse...

En le voyant tourner les talons, Claudia se sentit à la fois soulagée et déçue. Elle aurait eu du mal à supporter qu'il l'observe pendant qu'elle travaillait, et pourtant, sans sa présence imposante, la pièce lui semblait très vide. Elle qui ne se rongeait plus les ongles depuis des années se retrouva soudain en train de mordiller celui de son pouce.

Comment faire face à cette situation ? En se disant que ce n'était pas pour son premier amour qu'elle travaillait, mais pour le vieil universitaire qu'elle avait imaginé au départ. Ni grand, ni beau, ni dynamique, mais voûté, avec une barbe grise et des yeux chassieux derrière ses lunettes cerclées de métal.

À cette idée, elle ne put s'empêcher de sourire. Mais brusquement, elle sentit ses yeux se mouiller, en pensant au Stefanos qu'elle avait si longtemps aimé. Adoré, même. Malgré cela, ils avaient fini par se faire du mal. Dix ans avaient passé. N'était-il pas normal qu'elle ait envie de savoir ce qui lui était arrivé pendant ce temps ? De lui demander comment il en était venu à étudier l'archéologie à Londres, apparemment sans femme ni enfants ? Mais peut-être une famille l'attendait-elle à Athènes ? Dans ce cas, Claudia aurait voulu le savoir puisque, à l'époque, c'est l'avenir qu'il envisageait.

Oui, ils auraient pu converser de façon détendue, puisqu'ils avaient un passé commun, même s'ils n'avaient pas imaginé d'avenir ensemble.

Claudia commença à vider une étagère de livres d'art et d'histoire : les trésors de Sutton Hoo, le célèbre site du Suffolk. Stefanos s'était-il entièrement consacré à l'archéologie de la Grande-Bretagne ? À Santorin se trouvaient des vestiges archéologiques importants, mais à l'époque, il ne s'y intéressait pas et semblait vouloir consacrer son avenir à Adrastos Shipping – et à elle, si sa mémoire ne la trompait pas.

Elle travailla avec concentration, soin et diligence, sans s'autoriser à penser à lui – même si c'était bien difficile dans ce contexte. Elle refermait son troisième carton quand il surgit dans la pièce. Elle se retourna en l'entendant mais ne put prononcer le moindre mot tant elle était troublée. Davantage même que lorsqu'elle était tombée amoureuse. Elle aurait préféré ne jamais l'avoir rencontré auparavant. Avec un parfait étranger, elle aurait pu flirter un peu, tout en essayant d'en apprendre davantage à son sujet.

Mais PWP avait une règle absolue : pas d'histoire avec les clients, même si Kitty l'avait transgressée de façon spectaculaire en devenant Lady Kitty Delfont, ce qui autorisait Claudia à faire de même si elle en avait envie. Sauf qu'aucun client n'avait fait mine de s'intéresser à elle.

— Je ne peux pas rester assis sans rien faire à te regarder travailler, déclara sèchement Stefanos en s'emparant d'un carton.

Elle posa son ruban adhésif et recula d'un pas.

— C'est mon travail et je suis une experte en emballage.

— Physiquement, ce doit être dur.

— Ça me convient très bien, dit-elle en pliant le bras pour montrer les muscles dont elle était fière.

Sa profession la maintenait en forme, ce qui ne l'empêchait pas, d'ailleurs, d'aller à la salle de gym pour cultiver son tonus. Dans ce métier, on ne pouvait pas se permettre d'avoir des problèmes de dos.

— Laisse-moi au moins t'aider, répondit-il d'un ton contraint.

— Ce n'est pas une bonne idée. Si tu le fais, tu risques de perdre ton assurance. C'est moi qui suis payée pour faire ce travail.

— Non. J'ai fait appel à un déménageur qui a sous-traité l'emballage. D'ailleurs, si j'avais su...

— Tu ne m'aurais pas choisie ?

Il allait répondre, mais elle le devança. Ça lui aurait fait trop mal de l'entendre dire oui.

— En cela nous sommes très différents, comme nous

l'avons toujours été. Je ne savais pas que tu étais mon client, mais quand j'ai vu ton nom sur le bon de commande, je n'ai pas pris la fuite. Je suis restée, parce que j'étais curieuse de savoir quel genre d'homme tu étais devenu… comment tu vivais… et si… si tu étais heureux.

Stefanos croisa son regard, tout aussi direct qu'autrefois. Elle n'avait jamais eu peur d'être franche et d'exprimer son opinion, même si elle différait de la sienne, ce qui lui avait toujours plu. Si différente des autres femmes, convaincues que fréquenter le fils d'un milliardaire les obligeait à toujours faire écho à ce qu'il disait et à céder à tous ses caprices.

— Évidemment que je suis heureux ! s'empressa-t-il de répondre. Pourquoi ne le serais-je pas ?

— Je ne pouvais pas le savoir.

Dix ans plus tôt, elle l'avait rendu heureux. Cette pensée le frappa au cœur. Jamais il n'avait été aussi heureux que durant les semaines qu'il avait passées avec elle à Santorin. Ni avant ni depuis. Même si c'était une amourette de vacances, sans réelle importance. Du moins, pour elle.

Il croisa les bras en se balançant sur les talons.

— Je peux t'assurer que tout va bien pour moi. Je n'attends rien de plus, et depuis que nous avons vendu Adrastos Shipping, j'exerce un métier qui me plaît vraiment.

Il avait hérité d'une telle fortune qu'il n'aurait même pas eu besoin de travailler, mais il répugnait à l'idée de rester désœuvré. Comme il avait recruté quelqu'un de très compétent pour diriger son affaire de location de yachts, il avait pu prendre une année sabbatique pour étudier l'archéologie. Pourtant… elle avait touché une corde sensible.

— Aimer son travail, c'est important. Mais bien sûr, il y a aussi la vie familiale et les amis.

Pour lui, la famille comptait beaucoup et c'est pour

cette raison qu'il avait été si choqué par son attitude, dix ans plus tôt.

— Bien sûr, acquiesça-t-elle. Tu es marié ?

Il aurait dû s'attendre à cette question, mais il fut pris de court.

— Plus maintenant.

— Que veux-tu dire ?

— Je l'ai été, mais j'ai divorcé. Je suis célibataire.

— Désolée...

— Pas moi. Ça a été un soulagement.

— C'est pourtant triste, la fin d'un mariage.

— Mon dernier mariage n'a été qu'une suite de mensonges et de tromperies.

— Attends. Tu as bien dit « mon dernier mariage » ? Il y en a donc eu plus d'un ?

— J'ai divorcé deux fois.

— Oh...

— Pourquoi « oh » ?

— Cela me sidère qu'à trente ans, tu en sois déjà à deux mariages et deux divorces.

— Mes deux mariages ont été des erreurs.

Des erreurs totales, songea-t-il avec amertume. *Et le second, pire encore que le premier.*

— Si j'ai divorcé, c'est que j'avais de bonnes raisons.

Elle le fixa d'un air interrogateur.

— Des raisons que je n'ai aucune envie de t'exposer, précisa-t-il.

— Bien sûr, approuva-t-elle avant de marquer une pause. Et tu as des enfants ?

— Non, répondit-il d'un ton neutre.

— Heureusement.

— Tu peux imaginer que je ne suis pas de cet avis.

Il avait toujours eu envie d'avoir des enfants, mais

désormais, il lui semblait qu'il n'en aurait jamais. Après deux mariages ratés, il s'était juré de ne plus recommencer.

— Je voulais dire simplement que c'est plus facile de divorcer quand il n'y a pas de problème de garde.

— Si je te suis, toi, tu n'es pas divorcée.

— Non.

— Parce que tu n'as jamais été mariée ?

— Bravo ! dit-elle en enlevant son gant de protection pour dénuder sa main gauche. Tu vois ?

— Depuis notre rupture, tu n'as pas changé d'avis sur le mariage ?

Il n'était donc pas le seul à avoir échoué à lui passer la bague au doigt, ce qui lui procurait une sorte de satisfaction perverse.

— Non... Enfin... J'ai peut-être évolué, mais pour les autres, pas pour moi.

— Tu refuserais toujours de te marier, même si tu étais enceinte ?

Ça lui avait échappé. Mais le souvenir de ce qui s'était passé dix ans plus tôt avait resurgi avec une telle force qu'il n'avait pas pu s'empêcher de lui poser la question.

— De toute façon, en définitive, je ne me suis pas retrouvée enceinte, répliqua-t-elle en rougissant, même si sa voix demeurait très calme.

À la fin du second mois qu'ils avaient passé ensemble à Santorin, Claudia était soudain devenue anxieuse et nerveuse. Au début, il avait cru que, comme lui, elle appréhendait la fin des vacances. Mais elle avait fini par lui avouer, visiblement terrifiée par sa réaction, qu'elle redoutait d'être enceinte.

Immédiatement, il lui avait proposé de l'épouser, non pas par devoir, mais parce qu'il était désespérément amoureux d'elle. Elle était la femme de sa vie, sans aucun doute. Il avait appréhendé de la voir retourner à la fac, en Angleterre, mais maintenant, elle n'en aurait plus besoin. Elle allait rester en Grèce avec lui. Il avait vingt ans, et n'était donc pas trop jeune pour assumer ses responsabilités. Il la désirait... Il désirait ce bébé. Il pourrait lui offrir tout ce dont elle avait besoin, il le savait.

Elle avait paniqué et il n'avait pas oublié la réponse à cette déclaration d'amour : « Je n'ai pas envie de devenir mère et je ne veux pas me marier. »

— Fausse alerte, déclara-t-il.

À l'époque, il était si naïf ! Il s'était imaginé que parce qu'il l'aimait, elle devait l'aimer autant. Il avait eu beau tout lui offrir, ce n'était pas encore assez.

— Oui.

Ses règles étaient revenues au moment précis où il avait cru réussir à la convaincre de sa sincérité en lui racontant la belle vie qu'elle mènerait avec un fils de milliardaire. Mais son soulagement avait été évident et elle avait même esquissé quelques pas de danse sur le pont du yacht, le *Daphne*, que ses grands-parents lui avaient offert pour ses dix-huit ans. Elle s'attendait à ce qu'il soit aussi soulagé qu'elle et avait été réellement stupéfaite qu'il soit déçu qu'il n'y ait pas de bébé. Il avait tenté de la convaincre de l'épouser malgré tout. Mais pour elle, c'était inenvisageable.

« Tu ne comprends donc pas que nous sommes trop jeunes, Stefanos ? »

Elle voulait terminer ses études, faire carrière et parcourir le monde. De son côté, il devait travailler avec son père dans l'affaire familiale.

« Le mariage et les enfants, ce n'est pas l'avenir que j'envisage pour le moment. »

Elle l'avait rayé de la carte. Cela l'avait blessé si douloureusement qu'il avait rompu tout contact avec elle, en se promettant de ne plus jamais souffrir à ce point pour une femme.

Mais aujourd'hui, le destin avait provoqué leur rencontre, et ils n'avaient pas grand-chose à se dire. Peut-être ce qu'il avait cru être de l'amour n'était qu'une simple attirance physique ? Ils croyaient être les seuls à avoir découvert ce secret, le plaisir que leurs corps pouvaient se donner l'un à l'autre. Il avait vécu dans un état d'excitation permanente, fou de désir, aspirant à la posséder pour toujours.

Dans sa petite robe de coton, un chapeau de paille posé sur ses cheveux roux ternis par le sel, elle était tellement sexy ! Aujourd'hui, son horrible T-shirt et son caleçon mettaient en valeur sa minceur et ses courbes subtiles, toujours aussi excitantes. Désormais, elle était plus belle, plus féminine, mais il avait adoré sa chevelure cuivrée qui lui tombait jusqu'à la taille.

Cette suspicion de grossesse avait tout changé. Alors qu'elle avait projeté de rester à Santorin jusqu'au début de l'année universitaire, en septembre, elle s'était empressée de modifier son billet d'avion pour rentrer le plus tôt possible à Birmingham...

Elle posa son dérouleur d'adhésif sur un carton déjà à demi fermé et Stefanos comprit qu'elle cherchait à éviter son regard. Il glissa les mains dans les poches de son jean.

Elle finit pourtant par faire un pas vers lui.

— Pourquoi as-tu coupé définitivement les ponts avec moi ?

— Je t'avais dit que si nous ne restions pas ensemble, tout était terminé entre nous. J'ai toujours été du style tout ou rien. Pas de demi-mesures.

Il avait voulu se protéger, de peur de souffrir davantage.

Puisqu'elle ne voulait pas l'épouser, à quoi bon faire durer sa peine ?

— On s'était promis de rester amis, protesta-t-elle.

— C'est toi qui l'avais dit, sans tenir compte de ma réponse.

— Je ne voulais pas l'entendre. Ça me faisait trop mal.

Lui aussi, il avait souffert. Sans un mot, il l'avait conduite au petit aéroport de Santorin. Leurs adieux avaient été froids et contraints. En regagnant son bateau, il avait découvert son chapeau de paille abandonné par terre, dans la voiture. Il l'avait serré contre lui, longtemps, et c'était comme si on lui arrachait le cœur.

— Je croyais t'avoir clairement fait comprendre que je t'aimais et que je voulais qu'on se marie et que tu sois la mère de mes enfants. Bons amis, ce n'était pas assez pour moi.

— On aurait pu tenter une relation à distance.

— Pour moi, c'était tout ou rien. Toi en Angleterre et moi en Grèce, comment conserver une relation ? Tu m'avais déjà rayé de ta vie, de ton avenir.

— Mais non. Simplement, je refusais le mariage et les enfants.

— Pour moi, c'était très important.

— Du coup, je me suis retrouvée sans rien et ça a été terrible, dit-elle d'une voix rauque en serrant son poing ganté contre sa poitrine. Je me rappelle cet horrible trajet jusqu'à l'aéroport ! C'était comme si nous étions des étrangers. Pendant l'embarquement et durant tout le voyage, je n'ai pas cessé de pleurer. Mais je pensais encore que je pourrais t'envoyer des SMS ou te parler sur les réseaux sociaux. Mais tu as tout bloqué pour que je ne puisse plus communiquer avec toi.

Elle poussa un soupir qui déchira le cœur de Stefanos.

— Je ne pouvais pas faire autrement.

Cela avait été sa seule façon de résister. Aujourd'hui, en la voyant si bouleversée après tant d'années, il comprenait son erreur. Il s'était montré immature, cruel, même. Il aurait au moins dû l'avertir. Mais à vingt ans...

— Tu as cependant réussi à surmonter tout ça ? s'enquit-elle.

— Oui, mais j'ai mis du temps.

— Moi aussi, répondit-elle en détournant le regard.

Il n'avait même pas vingt-deux ans quand il avait épousé Arina.

3

Claudia croyait avoir oublié la douleur que lui avait causée la perte de Stefanos. Mais sa présence l'avait fait resurgir et elle lui transperçait le cœur.

Elle avait cru qu'elle serait heureuse d'évoquer le passé, de parler de ce qu'ils étaient devenus, et même qu'elle en serait apaisée. D'adulte à adulte. En riant un peu, peut-être. Sans chagrin ni angoisse. « Te souviens-tu… ? »

Mais pas du tout. Depuis le mariage de Kitty, en février, elle n'avait cessé de s'interroger sur ses choix, sur les contraintes qu'elle s'était imposées dans sa vie. Sur la raison pour laquelle, à vingt-neuf ans, elle se retrouvait encore seule.

Pour la première fois depuis des années, elle avait repensé à Stefanos et s'était demandé si elle avait pris la mauvaise décision. Maintenant qu'il était en face d'elle, tous les souvenirs refoulés lui revenaient en mémoire. Dans la douleur. Et ses souvenirs à lui étaient visiblement empreints d'amertume.

Lequel des deux avait fait le plus de mal à l'autre ?

Elle releva la tête et croisa son regard brun pailleté de vert. Un regard qui ne l'accusait pas, indéchiffrable. Elle se sentait déstabilisée par l'attirance qu'elle éprouvait pour lui. Non pas pour le Stefanos d'autrefois, mais pour celui d'aujourd'hui, plus beau encore, avec ce côté sombre qui ajoutait encore à sa séduction.

À dix-neuf ans, furieuse qu'il ne cède pas, elle avait voulu croire à ce que lui racontaient ses amies : elle ne devait pas le prendre trop au sérieux... elle rencontrerait un autre homme. Sur la plage, les hommes séduisants ne manquaient pas. Il fallait qu'elle fasse d'autres conquêtes, mais jamais personne ne l'avait comblée comme Stefanos : corps et âme...

Ressasser leur séparation si douloureuse et la vie sentimentale décevante qu'elle avait connue depuis, réaliser qu'elle avait commis une terrible erreur se révélait trop pénible. Hélas, dans la vie, on ne peut pas revenir en arrière. Elle appréhendait de sentir se rouvrir les cicatrices qu'elle croyait presque effacées.

— Ça ne peut pas marcher, dit-elle soudain en ôtant son gant. Je vais appeler quelqu'un pour me remplacer, ou plutôt deux personnes, pour rattraper le temps perdu. Naturellement, je ne facturerai aucun supplément.

— Excellente idée.

Sa réponse immédiate la déconcerta car elle s'était attendue à ce qu'il proteste. Une fois de plus, elle avait parlé trop vite, sans réfléchir. Son tempérament impulsif lui jouait souvent des tours, mais cette fois, pas question de se laisser déstabiliser par le rappel d'un lointain passé, même si cet homme avait encore le pouvoir de lui faire du mal.

Elle prit son téléphone et dut fournir un gros effort pour conserver un ton professionnel. Heureusement, ses deux employées préférées étaient disponibles sur-le-champ.

— Je partirai dès qu'elles seront là, dit-elle à Stefanos d'une voix qui, heureusement, ne tremblait pas.

— Tu partiras, mais où ?

— Chez moi. Ou je retournerai travailler ailleurs.

N'importe où sauf ici, avec lui.

Il fit un pas vers elle.

— Ne pars pas, Claudia. Reste, s'il te plaît... Reste avec moi.

Muette de surprise, elle le regarda.

— Laisse venir tes employées pour qu'elles finissent d'emballer. Mais j'aimerais passer un moment seul avec toi, amicalement. Pour parler de tout ce temps...

— Pour combler un vide de dix années ?

— Oui, dans la mesure du possible.

— Comme... d'anciens amants ?

— D'anciens amants ? Oui, peut-être. Si le destin nous a réunis, il doit bien y avoir une raison, et nous devons en profiter. Si nous laissons échapper cette chance, nous le regretterons tous les deux car il est peu probable qu'elle se représente.

— Peut-être... Je ne t'ai jamais dit pourquoi je...

— C'est inutile. Je vois bien que parler du passé te contrarie.

— Nous avons souffert tous les deux, mais à l'époque, je ne m'en suis pas rendu compte.

— Et moi, j'aurais pu me comporter autrement.

— Oui, répondit-elle d'une voix hésitante. Cela m'aurait permis de me rattraper.

Elle éprouvait à la fois du soulagement et une pointe d'excitation.

— Très bien.

Pour la première fois de la matinée, il lui sourit. Ses dents étaient toujours aussi blanches – pour se moquer, elle lui disait souvent qu'il aurait pu faire de la publicité pour un dentifrice. Et son sourire illuminait toujours son regard. Le souvenir de son Stefanos resurgit et elle continua à le regarder, à la recherche de tout ce qui avait changé et de tout ce qui restait identique.

Même s'ils n'avaient qu'un an d'écart, elle le sentait déjà plus adulte qu'elle. Maintenant, sa présence en imposait davantage, mais oserait-elle en plaisanter et se moquer de lui comme autrefois ?

— Quand mes employées seront arrivées, nous ne pourrons plus parler librement.

Elle n'avait aucune envie qu'elles entendent ce qu'elle avait à dire à cet homme au physique si exceptionnel. Cela ne manquerait pas de susciter des ragots, et elle avait appris à ses dépens qu'il fallait protéger sa vie privée.

— Nous n'allons pas rester là. D'ailleurs, je ne sais pas ce que tu en penses mais, moi, je prendrais bien un café.

— Moi aussi, répondit-elle en souriant.

Il lui avait appris à apprécier le café grec *glykos*, très fort et très sucré. Elle n'en avait pas bu depuis dix ans, mais elle était définitivement devenue dépendante à la caféine.

— Tu vis ici depuis longtemps ? s'enquit-elle.

— Un an.

— Alors tu dois connaître un café sympa, non ?

— J'ai réservé une chambre pour cette nuit tout près d'ici. Demain, je dois m'envoler pour Athènes. Je te propose de venir prendre un café dans cet hôtel.

Demain, donc, il serait parti. Claudia fut prise d'un sentiment d'urgence. Il lui fallait saisir cette chance de passer du temps avec lui, même au risque de rouvrir ses vieilles blessures. Comme il l'avait constaté, cela ne se reproduirait pas.

— Excellente idée.

Il lui donna l'adresse. Un hôtel du XIXe siècle, chic et cossu. Impossible d'y aller en baskets.

— Il va falloir que je me change.

— Mais non, voyons ! Reste comme tu es. Personne n'y fera attention.

— Moi, si. Je vais me changer.

Heureusement, comme elle devait voir Kitty après le travail, elle avait apporté le nécessaire.

— Tes employées vont arriver dans combien de temps ?

— Si tu ne tiens pas à les surveiller, nous n'avons pas besoin d'attendre qu'elles arrivent. Tu peux leur faire totalement confiance. Si elles ont le moindre problème, elles m'appelleront.

— Ce sont des femmes ?

— Oui. C'est notre idée, à Kitty et à moi : un personnel entièrement féminin, dit-elle avant de parer d'avance à l'objection si souvent entendue. Ce n'est pas que les hommes ne puissent pas faire parfaitement ce travail, mais notre concept s'adresse à des personnes qui préfèrent la manière féminine de travailler. D'ailleurs, nous avons aussi quelques hommes très fiables dans notre équipe.

— Ça marche bien ?

— Oui. Nous avons eu la chance de bénéficier de quelques recommandations efficaces et le mariage de Kitty, mon associée, avec Sir Sebastian Delfont – notre client – nous a fait une excellente publicité. D'ailleurs... Mais je m'égare, ça ne t'intéresse pas.

— Mais si ! Je suis très intrigué.

— Je ne veux pas t'ennuyer.

— Autant que je me souvienne, Claudia, jamais tu ne m'as ennuyé.

En le voyant sourire, elle ne put s'empêcher de rougir.

— Nous sommes en contact avec un investisseur pour étudier l'idée d'une franchise.

— Ça t'intéresse ?

— Je n'ai pas encore vraiment eu le temps d'y réfléchir. Moi, j'aime bien pouvoir tout contrôler pour conserver un haut niveau de qualité, mais Kitty ne peut plus participer autant qu'avant car elle doit s'investir dans une organisation caritative fondée par la grand-mère de Sebastian. Il va donc falloir trouver une autre solution.

— Il est toujours intéressant d'envisager de nouvelles opportunités.

— Même si ça fait un peu peur ?

— Surtout si ça fait un peu peur.

— Tu parles d'or, en homme d'affaires avisé.

— Je n'y peux rien, j'ai ça dans le sang.

Quand elle l'avait connu, il était fils et petit-fils de milliardaires. Aujourd'hui, milliardaire lui-même, à coup sûr. Mais pour elle, il avait toujours été Stefanos, et ça n'avait pas changé.

— Accorde-moi deux minutes pour me débarrasser de cette tenue, dit-elle. Enfin... pour me changer, je veux dire.

— J'avais compris, répondit-il avec un petit sourire narquois qui la fit rougir jusqu'aux oreilles.

Pendant qu'elle se changeait dans la salle de bains, Stefanos fit silencieusement ses adieux à l'appartement qu'il avait hérité de son grand-père maternel. Un investissement, mais également un pied-à-terre pour la famille qui y séjournait durant ses voyages d'affaires à Londres. Enfant, il y avait aussi passé des vacances pour perfectionner son anglais.

Après l'avoir rénové et remeublé à son goût, il y avait emménagé un an plus tôt pour y vivre seul après le terrible traumatisme de son second divorce et se consacrer entièrement à l'archéologie. Maintenant, il était temps qu'il rentre chez lui et qu'il le loue pour en tirer un revenu.

Mais toutes ces pensées terre à terre s'envolèrent quand Claudia surgit dans le salon, vêtue d'une jupe plissée imprimée léopard, et d'un haut noir ceinturé qui mettait en valeur sa taille fine et la courbe de ses seins, un manteau noir léger posé sur les épaules. Sa chevelure flamboyante contrastait avec le bleu de ses yeux, et une touche de rouge vif soulignait sa bouche. Chaussée d'escarpins à talons, elle portait un grand sac noir.

— Tu es… superbe, déclara-t-il avec difficulté.

Stylée, sophistiquée, sexy… subtilement sensuelle, elle était toujours aussi attirante. Complètement adulte mais, dans cette femme, il retrouvait pourtant l'adolescente qu'il avait tant aimée. Il dut faire un effort pour détacher d'elle son regard qui s'attardait sur chaque détail.

— Merci. Après être restée toute la semaine en tenue de travail, j'aime bien m'habiller un peu. Mais je ne me suis pas apprêtée pour rentrer chez moi en métro : je dois rejoindre mon amie et associée Kitty pour prendre un verre avec elle ce soir.

Donc elle allait dans un bar ! Quel homme allait-elle y rejoindre ? Surpris par cet accès de jalousie inattendu, il se reprit en se disant que Claudia appartenait bel et bien au passé. Des pensées de cet ordre n'étaient pas de mise pour un entretien amical.

Elle fouilla dans son sac pour y prendre son téléphone qui venait de biper.

— Mes employées m'avertissent qu'elles sont en route.

— Dans ce cas, nous pouvons partir.

Plus vite ils se retrouveraient seuls, mieux ce serait. Cette fois, il fallait qu'ils se quittent en meilleurs termes que dix ans plus tôt.

4

En suivant Stefanos à l'intérieur d'un hôtel victorien de Russell Square, décoré d'une multitude d'arches et de tourelles, Claudia eut l'impression de pénétrer dans un autre monde, un monde de privilégiés et d'extrême richesse : celui du milliardaire Stefanos Adrastos.

Elle avait déjà franchi le seuil d'hôtels de luxe, non pas en tant que cliente, mais pour y travailler. À la façon dont ils furent accueillis par le personnel, elle sut d'emblée qu'elle était en compagnie d'un client privilégié et généreux. Elle se redressa et apprécia les regards discrets qu'on lui jetait, certaine d'avoir fière allure dans cette nouvelle jupe de créateur achetée en solde.

Le hall était superbe : sol de mosaïque fleurie, colonnades et plafonds peints. Tous les excès du style victorien délicatement remis au goût du jour. Rien à voir avec le minimalisme de son appartement blanc. Mais sans doute avait-il choisi cet hôtel parce qu'il était tout près de chez lui. Il avait toujours eu l'esprit pratique.

On les guida vers le salon de thé où on les fit asseoir à une petite table ronde. L'ambiance était très intime et par la fenêtre, on pouvait apercevoir les jardins de Russell Square. On lui proposa une pâtisserie qui avait l'air délicieuse, mais elle avait la gorge trop serrée pour pouvoir avaler autre chose qu'un café. Elle aurait aimé dire aux serveurs qui les prenaient pour un couple qu'ils se trompaient, qu'ils étaient de simples connaissances. Ce n'était pas vrai non plus, même s'il valait mieux faire comme si, pour bavarder en toute quiétude. Mais elle ne pouvait oublier une seconde qu'ils avaient été amants, et pour cause : elle mourait d'envie de se retrouver de nouveau dans ses bras.

— J'ai vu que tu observais les lieux d'un œil critique, déclara-t-il. Quel est ton verdict ?

— C'était si évident ? Je croyais m'être montrée discrète.

— Moi, je t'ai repérée.

Il avait toujours prétendu qu'elle était incapable de dissimuler ses sentiments. Sans doute parce qu'il la connaissait trop bien. Dès leur première rencontre, ils avaient eu l'impression de se connaître depuis toujours. Mais c'était bien trop intime pour qu'elle le lui rappelle – ou pour qu'elle cherche à approfondir.

— Mon verdict ? Ils ont réussi à rénover l'hôtel sans lui faire perdre son charme délicieusement suranné. Il est accueillant sans être intimidant. Les employés sont attentifs et compétents, c'est ce qui compte.

— J'y ai séjourné pendant qu'on faisait des travaux chez moi et je m'y suis bien plu. Je suis heureux que tu sois de mon avis, dit-il avant d'avaler une gorgée de café. Tu as travaillé longtemps dans l'hôtellerie, non ? Je me souviens que tu voulais parcourir le monde.

Là, elle était en terrain sûr, du moins tant qu'elle ne mentionnait pas le dernier hôtel où elle avait travaillé. Sa romance avec un collègue s'était terminée de la pire des façons puisque c'est elle qu'on avait fini par accuser à tort de s'être mal comportée envers lui.

— Après mon diplôme, j'ai commencé par un stage à

Londres. Puis, comme je parlais bien français, j'ai trouvé un poste à Paris, dans un hôtel merveilleux.

— Tu es douée pour les langues. Je me souviens que tu t'es rapidement bien débrouillée en grec.

— À l'oral, seulement. Je n'ai pas eu l'occasion d'apprendre l'alphabet.

— Tu n'es restée que quelques mois.

Des souvenirs planaient dans l'air, très sensuels pour la plupart. Rien d'étonnant à ce qu'elle n'ait pas pris le temps d'apprendre l'alphabet grec : elle était bien trop occupée à faire l'amour avec Stefanos. Elle ferma les yeux en y repensant. Et lui, s'en souvenait-il aussi ?

— As-tu déjà travaillé dans un hôtel grec ?

— Non. Je ne suis jamais retournée en Grèce. Pas après... enfin, après ce qui s'était passé... entre nous.

Sans lui, ça lui aurait été trop douloureux car la Grèce resterait définitivement associée à la souffrance de leur séparation. Elle ne voulait plus y retourner.

— Je vois.

Vraiment ?

— Mon frère avait déménagé en Australie, alors je suis allée à Sydney pour le voir et faire la connaissance de sa femme, une Australienne. Et aussi pour tenter ma chance. J'ai travaillé dans toute l'Australie, et même en Nouvelle-Zélande et à Bali. J'aimais bien Sydney. J'ai même songé à me fixer là-bas.

Mais une perfidie la contraignit à rentrer très vite chez elle, en Angleterre. Elle avait cru rencontrer le second grand amour de sa vie, jusqu'au moment où elle avait découvert qu'il l'avait bernée. Un Australien qui dirigeait un cinq-étoiles et lui avait caché qu'il était marié.

— On est parfois content de rentrer chez soi.

Il avait raison. Sa mère lui manquait, et aussi les jumelles qu'elle trouvait si pénibles quand elle était adolescente. Sa mère avait beau être frivole et trop dépendante des hommes, Claudia savait qu'elle pouvait compter sur elle.

— À toi, maintenant. Pourquoi ces deux divorces ? s'enquit-elle, dévorée de curiosité.

Elle ne pouvait s'empêcher d'éprouver une pointe de jalousie en l'imaginant avec une autre femme. Une, ou deux, qu'il avait suffisamment aimées pour les épouser. Ce n'était pas raisonnable, puisqu'elle avait refusé sa demande en mariage. Pourtant...

— Même au bout de dix ans, tu dois bien savoir que je ne vais pas discuter de ça avec toi.

— Allez, juste un mot ou deux. Tu ne peux pas me le refuser après m'avoir révélé qu'à trente ans, tu avais déjà divorcé deux fois.

— Tu es toujours aussi têtue.

Elle sourit.

— Il y a des choses qui ne changent pas.

Cherchait-elle à flirter avec lui ? Sûrement pas. Mais si elle le faisait ? Si elle lui prenait la main par-dessus la table en chuchotant qu'il l'attirait toujours ?

Un frisson de désir la parcourut.

— Je vais t'en dire ce que tu pourrais apprendre très vite en cherchant mon nom sur Internet. À vingt-deux ans, j'ai épousé la fille d'un ami de ma famille.

— Ce n'était pas longtemps après...

— Oui, la relation-pansement classique. C'est ce que certains ont dit quand ma femme et moi nous sommes séparés au bout de six mois.

— Désolée, dit-elle d'une voix mal assurée.

— Nous n'étions pas bien assortis, déclara-t-il sur un ton dissuasif.

— J'ose à peine te questionner sur la seconde.

— Alors, abstiens-toi.

— Désolée...

— Inutile de dire que tu es désolée.

— Euh... désolée d'avoir dit désolée. Je ne le dirai plus.

— Bien, dit-il en ravalant le sourire qui lui montait aux lèvres.

Elle leva sa tasse, puis la reposa sans boire.

— Avant que tu me le demandes, je n'ai rien d'autre à ajouter concernant ma vie privée. Je me suis imaginé que j'étais amoureuse. Quand j'ai découvert qu'il était marié, inutile de te dire que ça ne s'est pas bien terminé.

Elle s'était efforcée de prendre un ton léger comme s'il n'y avait pas eu de conséquences, mais naturellement, c'était faux. Brad l'avait impliquée dans une fraude qui consistait à gonfler des contrats portant sur des fournitures venant d'entreprises que possédait sa belle-famille et sur lesquels il touchait des pots-de-vin. Cette escroquerie l'avait marquée et elle continuait à en payer les frais de justice.

— Maintenant, reprit-elle, à mon tour de dire : ne me demande pas de détails.

— Et à mon tour de m'abstenir de dire : désolé.

Elle ne put s'empêcher d'éclater de rire, et lui non plus, quelques instants plus tard. Le cœur de Claudia manqua un battement. Elle avait toujours trouvé son rire si contagieux... Tout lui revint soudain en mémoire : leur premier baiser, à Oia, au coucher du soleil. La première fois qu'ils avaient fait l'amour, un peu plus tard, sur le pont d'acajou de son beau voilier blanc. Et bien d'autres fois encore, toujours plus merveilleuses que celle d'avant.

Était-ce vraiment aussi extraordinaire que dans son souvenir ? De nouveau, elle sentit la morsure du désir et s'empressa de détourner la tête au cas où Stefanos devinerait...

Deux tasses de café en plus de ce qu'il avait déjà absorbé au petit déjeuner... Il prenait des risques. Néanmoins, il en commanda une troisième, uniquement pour prolonger sa conversation avec Claudia. Si elle restait encore un peu, il pourrait lui proposer de déjeuner avec lui de bonne heure. Il n'avait aucune envie de la voir partir.

Elle repoussa sa tasse encore à moitié pleine.

— Non, merci. Même si leur café est excellent.

— Moi non plus, je n'ai pas vraiment envie d'une troisième tasse, reconnut-il.

Il se demandait pourquoi il redoutait de lui dire au revoir, même s'il tentait par tous les moyens d'oublier comme c'était bon, au lit, avec elle. Il n'avait qu'une idée en tête : la prendre par la main et l'emmener dans sa chambre pour voir si ce serait toujours aussi torride, entre eux.

Pourtant, ce n'était pas une simple histoire de sexe. Avec elle, il se sentait tellement détendu, plus qu'avec aucune autre femme. Hélas, leur relation était terminée depuis longtemps et il n'avait rien d'autre à attendre que le plaisir de sa compagnie.

Il avait oublié à quel point elle le faisait rire et se demanda si elle partageait cette impression. Son regard n'était plus le même qu'autrefois, mais lui non plus, ces derniers temps, n'avait pas trouvé sa vie très drôle.

En écartant sa chaise de la table, elle lui effleura la jambe, sans paraître s'en apercevoir, mais il eut la perception d'avoir reçu une décharge électrique.

Il avait envie d'elle.

— Je n'ai plus l'habitude de rester si longtemps assise, et j'aurais bien aimé visiter cet hôtel. Puisque tu es client, tu crois que tu pourrais me faire faire un tour ?

— Bien sûr. Cela fait des semaines que j'y vis et je le connais parfaitement.

Il allait devoir garder ses distances et détourner les yeux de son décolleté, qui révélait la rondeur de ses seins.

Les parties communes de l'hôtel étaient magnifiques, et elle les apprécia, d'un œil très professionnel. Dans ce cas, pourquoi avait-elle quitté l'hôtellerie ? Elle ne lui avait pas fourni de réponse satisfaisante.

Ils se dirigeaient vers un des salons lorsqu'ils furent bloqués dans un couloir par un chariot transportant de la nourriture. L'employé s'excusa et commença à reculer.

— Non, non, dit Claudia, visiblement pleine d'empathie pour ce jeune homme. Vous pouvez très bien passer, n'est-ce pas, Stefanos ?

Certes, mais alors, il allait leur falloir se serrer étroitement l'un contre l'autre.

— Bien sûr, acquiesça-t-il, ravi.

Le contact des hanches de Claudia, de ses seins, de ses bras, produisit sur lui un effet immédiat. Cela faisait si longtemps que leurs corps ne s'étaient plus touchés. Il lui sembla que le chariot mettait très longtemps à les doubler. Claudia le regardait, les joues écarlates, les pupilles si dilatées qu'on ne voyait presque plus le bleu de ses yeux. Il sentait les pointes de ses seins dressées contre son torse... Et elle, elle percevait sûrement son érection. Sa respiration s'accéléra et il eut le plus grand mal à contrôler la sienne.

Ils restèrent ainsi jusqu'à ce qu'elle s'écarte en repoussant sa chevelure en arrière, et il se souvint soudain que ce geste était chez elle un signe de nervosité.

— Euh... J'aimerais bien voir ce salon orné de palmiers dont tu m'as parlé, balbutia-t-elle.

Quand ils y pénétrèrent, elle s'empressa de faire des commentaires élogieux tout en se tenant à distance.

— J'aurais bien aimé aussi voir comment sont leurs chambres. Serait-ce trop te demander que de me montrer la tienne ? s'enquit-elle d'un air innocent.

Il s'éclaircit la gorge.

— Elle est au dernier étage.

Elle lui adressa un sourire qu'il ne sut comment interpréter, ce qui l'excita davantage encore.

— Évidemment. Tu es certain que ça ne t'ennuie pas ? Je ne voudrais pas t'envahir.

— Mais pas du tout !

Claudia, dans sa chambre ! Il espéra qu'il l'avait bien comprise. Sinon, il aurait du mal à se concentrer sur autre chose que sur le désir brûlant qu'elle continuait de lui inspirer.

5

Dans la chambre, immense et de style très contemporain, Claudia ne remarqua guère que le vaste lit. Elle ne parut pas s'intéresser à l'élégant mobilier ni aux lambris qui ornaient les murs. Comme elle déposait son manteau sur une chaise, elle ne remarqua même pas qu'il glissait sur l'épais tapis, tant la présence de Stefanos mobilisait tous ses sens...

Il referma la porte et lui fit face. Il ne dit rien. Ce n'était pas nécessaire. Elle pouvait tout lire dans ses yeux, et les siens devaient lui transmettre le même message.

Il fit un pas vers elle, et la prit dans ses bras. Enfin. Elle retint un sanglot de soulagement. Il était le même que lors de leur dernière étreinte. Ou plutôt non : sa poitrine était plus large, plus musclée et ses bras étaient plus puissants. Autrefois, il ne faisait pas d'exercice : naviguer sur le *Daphne*, nager et faire l'amour lui suffisaient.

Elle respira son odeur si familière. Ce n'était pas celle d'une eau de toilette ou d'un shampoing, mais la sienne, et elle n'avait pas changé... Elle examina son visage à la fois si familier et si différent. D'où lui venait cette petite cicatrice au-dessus du sourcil ? À moins qu'elle ne l'ait oubliée ?

Elle se haussa sur la pointe des pieds au moment où il

baissait la tête, et leurs lèvres se joignirent. Leur baiser, hésitant au début, se fit de plus en plus avide, urgent, exigeant. Le souffle court, elle sentit son cœur battre plus vite, submergée par une soudaine bouffée de désir. Il attira son corps contre le sien, les seins pressés sur son torse, les hanches contre les muscles puissants de ses cuisses. Lorsqu'il la prit par la taille, elle réalisa que ses mains n'avaient pas oublié son corps. Elle sentit ses seins se gonfler douloureusement, et quand il saisit ses fesses, elle poussa un cri de surprise et de plaisir.

Fiévreusement, elle passa les mains sous sa chemise, tandis qu'il la poussait vers le lit. Ils s'arrachèrent leurs vêtements, puis s'allongèrent, et il lui caressa les seins au point qu'elle crut mourir de plaisir. Au contact de ses doigts habiles sur son intimité, elle faillit jouir. Oui, il avait toujours su comment l'exciter.

— C'est bien ce que tu voulais ? s'enquit-il d'une voix rauque en lui prenant la main. Sinon, dis-le-moi, maintenant.

— Oui. Ne t'arrête pas. J'ai envie de toi. Maintenant... ajouta-t-elle en l'attirant à elle.

D'une main tremblante, elle saisit son sexe dressé, anticipant déjà le plaisir qu'il allait lui donner.

— Je vais... prendre un préservatif, dit-il en tendant la main vers la table de nuit.

Heureusement qu'il y avait pensé, car son désir était tel qu'elle l'aurait oublié, elle qui depuis dix ans n'avait jamais manqué de prendre ses précautions.

Une fois le préservatif en place, elle l'attira à elle.

— Viens...

Peu lui importait d'avoir l'air de le solliciter. Elle avait tant attendu. Elle n'en pouvait plus.

Lorsqu'il la pénétra, elle poussa un gémissement de plaisir. Jamais elle n'avait éprouvé une sensation aussi intense, aussi puissante. Dès qu'elle eut repris son souffle, il commença à bouger en elle, d'abord lentement, puis de plus en plus vite, jusqu'à ce qu'elle jouisse en criant son nom, tandis qu'il se libérait. Autrefois, ils s'étaient toujours bien accordés, mais qui aurait cru qu'ils atteindraient aujourd'hui encore la cime du plaisir ensemble ?

Elle se laissa retomber sur le lit dans un rire gêné, les joues rouges, heureuse, et le regarda. Ses pupilles étaient dilatées, son expression indéchiffrable. Au moment de l'orgasme, il avait fermé les yeux, alors qu'à Santorin, ils se regardaient toujours pour essayer, comme il disait, de lire jusqu'au fond de leur âme.

— C'était... rapide, dit-elle en lui effleurant la joue du bout du doigt. Et absolument merveilleux.

Il lui prit la main pour lui baiser les doigts un à un.

— Eh bien, je n'en ai pas encore fini avec toi, dit-il sur un ton qui fit naître un délicieux frisson dans tout son corps.

— Quelle bonne nouvelle !

Lentement, il la prit par les poignets, qu'il ramena au-dessus de sa tête pour lui embrasser les seins, happant la pointe de l'un tandis qu'il lui caressait l'autre. Le plaisir était si aigu qu'il en était presque douloureux.

Elle allait lui demander de cesser lorsqu'il se baissa pour laisser sa bouche descendre jusqu'à sa taille. Le contact de sa barbe rugueuse ajouta encore à l'excitation de Claudia. Il continua à descendre lentement, l'amenant au bord de l'orgasme.

— J'aime bien tes chaussures, surtout quand tu es nue. Ça te donne une allure très sexy.

Il lui ôta pourtant un de ses escarpins pour lui caresser les orteils et la plante des pieds jusqu'à ce qu'elle demande grâce.

Elle s'assit et le prit par les épaules pour le pousser

sur le dos et s'agenouilla au-dessus de lui, en une pause dominatrice.

Le sentir à sa merci l'excitait toujours autant, et elle aimait la façon dont il fermait à demi les yeux par anticipation, en levant les bras comme pour se rendre.

Mais aimait-il toujours ce qui l'excitait autrefois ? Elle lui dévora le visage de baisers sans lui laisser prendre sa bouche – cela faisait partie du jeu... et de la torture.

Elle l'embrassa derrière les oreilles, au creux de la gorge et à la saignée du bras. Elle fit sourire ses lèvres sur son ventre, adorant la façon dont ses muscles se contractaient sous sa langue taquine. Elle caressa un instant son érection, mais il la supplia d'arrêter si elle avait envie de prolonger leur jeu. Puis elle lui ôta ses chaussures et son pantalon et contempla son corps superbe, sa peau mate et sa toison brune. Sa musculature était digne d'une antique statue grecque.

— Impressionnant..., souffla-t-elle, au comble de l'excitation. Mais tu devrais enlever tes chaussettes...

En riant, il la serra dans ses bras et ils firent l'amour, plus lentement cette fois, avec une sensualité plus satisfaisante encore – pour lui, comme pour elle, espéra-t-elle.

Comblée, elle allait s'assoupir, blottie dans ses bras, mais au moment de s'abandonner au sommeil, une pensée lui traversa l'esprit : il ne l'avait toujours pas regardée dans les yeux au moment de jouir. Peut-être était-ce la différence entre deux personnes vraiment amoureuses, comme ils l'avaient été jadis, et deux relations lointaines qui assouvissaient ensemble leur appétit charnel.

Appuyé sur le coude, Stefanos regardait dormir Claudia. Le soleil de mai filtrait à travers les rideaux, illuminant d'éclats cuivrés la masse de ses cheveux auburn répandus sur le drap blanc.

Ses paupières frémirent. Était-elle en train de rêver ? De lui ? Sous sa peau translucide, il devinait ses veines bleu vert. Une de ses longues jambes, très pâle, reposait sur la sienne, beaucoup plus mate, ce qui lui donnait l'air délicat, même s'il savait bien que cette apparence fragile dissimulait une forte personnalité. Son corps était tonique et musclé, et dans ses réactions, il n'y avait rien de faible. Leurs deux corps s'accordaient exactement comme par le passé.

Il poussa un soupir. Après leur rupture, jamais il n'avait connu le même épanouissement sexuel, et il avait fini par comprendre que pareille entente était très rare. Aujourd'hui, comme si ces dix années n'avaient jamais passé, leurs corps avaient retrouvé la même harmonie.

Mais le sexe, ce n'était pas suffisant.

Sa bouche adorable, gonflée de ses baisers, sourit dans son sommeil. Oui, c'est bien de lui qu'elle rêvait, songea-t-il.

Autrefois, il aimait tant la regarder dormir ! Ce n'était pas un amour d'adolescents. Il l'avait aimée comme un homme, de tout son cœur et de toute son âme, et il avait su qu'il désirait passer toute sa vie avec elle. Avoir un enfant, fonder une famille. Partager ses biens, son cœur, tout ce qu'il possédait avec elle.

La façon dont elle l'avait rejeté lui avait durci le cœur et l'avait conduit à contracter deux mariages désastreux. Mais maintenant, il se sentait plus indulgent. Après tout, elle n'avait que dix-neuf ans à l'époque de leur passion. Hélas, aujourd'hui, malgré leur indéniable harmonie physique, il était trop tard pour recommencer car il n'était plus le même : concernant les femmes et leurs motivations, il était devenu méfiant et même cynique.

La perte de Claudia l'avait rendu vulnérable, et trop

désireux de se prouver qu'elle n'était pas la seule qu'il pouvait aimer. C'est alors qu'il avait croisé Arina, la filleule de sa mère, issue comme lui d'une puissante famille d'armateurs, qui après des études de marketing faisait un stage chez Adrastos Shipping. Leur union avait été vivement encouragée par leurs familles qui plaisantaient en disant que, nés à six mois d'écart, ils étaient destinés l'un à l'autre.

Arina était devenue une beauté : petite, brune, avec des yeux noirs pleins de charme. Tout l'opposé de Claudia.

Trois mois après leur rencontre, il l'avait demandée en mariage, convaincu qu'elle était l'épouse idéale. Ils s'étaient mariés à Athènes, tous deux âgés de vingt-deux ans à peine.

Leur nuit de noces avait été désastreuse. Elle était vierge, très nerveuse, et elle s'était dérobée. Au bout de six mois, ils ne couchaient déjà plus ensemble, et Arina lui avait annoncé d'une voix douce qu'elle le quittait parce qu'elle était amoureuse, depuis des années, mais qu'elle n'avait jamais osé se l'avouer. Et l'objet de son désir n'était autre que sa première demoiselle d'honneur. Elle ne pouvait plus supporter de nier son orientation sexuelle, même si elle s'y était efforcée de peur de choquer sa famille très conservatrice. Elle lui devait des excuses, mais même si elle l'aimait bien, il ne l'attirait pas physiquement. Il lui avait répondu qu'elle n'avait pas à s'excuser et qu'elle devait désormais chercher à faire son propre bonheur, pas celui des autres.

Leur divorce n'avait pas mis fin à leur amitié un peu distante, même s'il devait reconnaître qu'il avait été marqué par l'expérience de ce mariage. Non pas parce qu'il avait été rejeté pour une femme – ce qui pourtant l'avait profondément blessé dans sa vanité de mâle grec – mais parce que dès le départ, elle ne s'était pas montrée honnête avec lui et lui avait menti. Même s'il avait été heureux pour Arina qu'elle trouve l'amour, sa blessure était trop profonde pour qu'il puisse de nouveau faire confiance à une femme.

Cinq ans plus tard, Tiana avait cependant réussi à entamer ses défenses. Peut-être parce que, au départ, elle lui avait rappelé un peu Claudia – même si ses cheveux roux étaient teints et que sa franchise n'était qu'apparente. Mais elle était séduisante, excitante et ne semblait attendre de lui qu'un peu de bon temps et quelques bijoux de prix qu'il avait été ravi de lui offrir. Un bracelet de diamants ne demandait aucun investissement sentimental...

Hélas, le plaisir s'était vite estompé, Tiana s'en était rendu compte, et elle lui avait avoué tranquillement qu'en fait elle aspirait à se ranger et à fonder une famille. Il avait été séduit par cette honnêteté, alors qu'en réalité elle l'avait manipulé comme une marionnette.

Claudia remua dans son sommeil, ouvrit les yeux et sourit en le voyant. Elle était belle, et représentait tout ce qu'il avait toujours adoré chez une femme. Mais c'était trop tard pour lui et pour elle, songea-t-il tandis qu'il se forçait à répondre à son sourire.

6

Claudia ouvrit les yeux et découvrit Stefanos, allongé à côté d'elle. Nu, comme elle. Dans un lit d'hôtel, en fin de matinée, à Londres...

Ce n'était donc pas un rêve.

Bizarrement, elle ne se sentait pas gênée. Ce qui s'était passé entre eux avait été absolument consensuel et très agréable. Néanmoins, elle remonta le drap sur ses seins pour couvrir sa nudité et celle de Stefanos.

Il lui sourit d'un air un peu contraint. Sans doute se sentait-il embarrassé. Effectivement, la situation pouvait devenir gênante. Peut-être s'attendait-il à ce qu'elle saute du lit, le remercie et disparaisse. Ils n'étaient pas vraiment de vieux amis, plutôt des étrangers. Et elle ne s'attendait sans doute pas à ce qu'il se passe quoi que ce soit d'autre entre eux. Ils étaient tellement différents d'autrefois.

Sur le *Daphne,* à Santorin, même après qu'elle eut découvert ce que représentait en Grèce le nom d'Adrastos, ils étaient égaux. Elle en maillot, lui en short, dans une eau bleue qui n'appartenait à personne. Maintenant, ils évoluaient dans deux mondes différents, et leurs vies ne se ressemblaient guère. Un accord parfait au lit ne persistait pas forcément ailleurs.

— Je ne m'attendais pas... à cela, murmura-t-elle.

— Vraiment ? demanda-t-il en haussant un sourcil. Moi, dès l'instant où je t'ai revue, je n'ai plus pensé qu'à ça.

Son intonation si sensuelle la fit frémir. Comme toujours.

— Peut-être y ai-je pensé moi aussi, reconnut-elle.

Malgré son regard légèrement hostile, il lui sourit et elle crut revoir un instant le jeune et insouciant Stefanos qu'elle avait aimé.

— Pour moi, ce moment parachève notre histoire, dit-elle.

Elle s'assit, s'adossa à la tête de lit et chercha son regard.

— Je croyais que nous ne devions pas revenir sur le passé, remarqua-t-il.

— Je crois que j'en ai besoin. Pour pouvoir tourner la page.

— Pas moi. C'est si loin ! En Grèce, on dit qu'on ne se baigne pas deux fois dans le même fleuve.

— Je vois. Mais tu veux me faire plaisir ? demanda-t-elle.

— Cela semble important pour toi.

— Tu as dû t'étonner que je sois si opposée au mariage et aux enfants alors que la plupart des gens n'imaginent pas leur avenir autrement.

Pour elle, à l'époque, c'était parfaitement clair. Il ne lui avait pas proposé le mariage par honnêteté, mais parce qu'à vingt ans, il se sentait déjà prêt à fonder une famille. Contrairement à elle.

— Je t'avais dit que mon père était décédé quand j'avais quinze ans, tu t'en souviens ?

— Oui, et j'en avais été triste pour toi. Maintenant que le mien est mort, je comprends mieux ce que tu as éprouvé.

Même aujourd'hui, après tant d'années, elle sentait encore les larmes lui monter aux yeux en pensant à ce père adoré.

— Ma mère et lui tenaient un pub depuis des années quand il est mort dans un accident par la faute d'un chauffeur routier négligent. Mon père a voulu l'aider à décharger son camion et il a été écrasé par une des palettes qui s'est effondrée sur lui.

— Un accident terrible, murmura Stefanos, visiblement touché.

— Terrible et tragique à la fois. Sa mort a bouleversé ma vie. Nous vivions au-dessus du pub et nous avons dû déménager quand la chaîne qui le possédait a trouvé un nouveau gérant. Pour moi, ça a été un déchirement. J'adorais ce pub avec ses clients qui venaient du monde entier. J'ai proposé de prendre la direction, mais bien sûr, on m'a ri au nez.

— Tu avais quinze ans…

— Je sais bien… mais même aujourd'hui, je persiste à penser que j'en aurais été capable. Depuis ma plus tendre enfance, je suivais mon père partout.

— À cet âge, tu n'avais même pas le droit de consommer de l'alcool. Alors, en vendre…

— Tu as raison. Mais ma mère, elle, n'avait pas l'expérience ni d'ailleurs l'envie de prendre la direction de l'établissement. Elle avait toujours été ravie de soutenir mon père dans toutes ses entreprises, mais son travail consistait essentiellement à servir au bar et au restaurant. Elle ne s'occupait pas de la gestion.

— Et puis, c'était avant tout une mère…

— Oui. Pour moi, et aussi pour mon demi-frère qui a cinq ans de plus que moi, né d'un premier mariage de mon père. Sa première femme était décédée quand Mark était encore un bébé. Maman était une bonne mère – et elle l'est toujours. Mais elle était surtout une épouse. Quand papa est mort, elle s'est effondrée, et moi, je ne savais pas comment l'aider.

— Ça a dû être très dur pour toi.

— Oui. J'avais déjà du mal à assumer mon propre chagrin. En plus, c'était le mauvais âge.

— Il n'y a pas de bon âge pour perdre son père.

— Je sais, dit-elle en posant la main sur le bras de Stefanos. Toi, tu es encore en plein deuil. Et ta mère aussi.

Il acquiesça de la tête et elle lui lâcha la main. Même s'ils étaient aussi intimes que peuvent l'être un homme et une femme, elle ne voulait pas sembler trop familière.

— Ma mère ne paraissait pas capable de vivre sans un homme à ses côtés.

— Et ton frère ?

— Il était prêt à nous aider, mais il ne pouvait pas faire grand-chose. Comme papa était mort dans un accident du travail dû à une négligence, maman avait été bien indemnisée par la chaîne qui possédait le pub. Nous avons emménagé chez mes grands-parents paternels qui vivaient tout près. Six mois après la mort de mon père, maman a commencé à fréquenter un homme qui s'arrêtait souvent au pub durant ses voyages d'affaires et avec qui papa et elle avaient noué une relation amicale.

— Cela semble rapide...

— C'est ce que j'ai pensé et je lui en ai voulu. Sans parler de la réaction de mes grands-parents.

— Il était comment ?

— C'était un brave type, mais ce n'était pas papa. Et puis, papa adorait ma mère et il aurait été horrifié qu'elle l'ait remplacé aussi vite.

— Ou heureux qu'elle ait retrouvé quelqu'un pour s'occuper d'elle ? suggéra-t-elle. Ma mère est très isolée depuis qu'elle est veuve, malgré sa famille et ses amis.

— Peut-être..., dit-elle sans vouloir reconnaître qu'elle s'était sans doute trompée sur un point aussi fondamental. Je ne sais pas si leur relation était sérieuse ni s'ils envisageaient de se marier. Mais ils étaient ensemble depuis six mois à peine quand ma mère s'est retrouvée enceinte.

— Pour toi, ça a dû être un choc ?

— Oui, tu imagines, pour une fille de seize ans, voir sa mère de quarante ans enceinte...

— Ils avaient planifié cette grossesse ?

— Je ne le lui ai pas demandé. Elle a prétendu que c'était un accident, qu'elle se croyait trop vieille pour tomber enceinte.

— Tu l'as crue ?

— Oui. Finalement, elle a repris le travail qu'elle faisait avant d'épouser mon père et qu'elle adorait : assistante d'un vétérinaire. Pour l'abandonner très rapidement.

— Et le père de son bébé ?

— Il l'a épousée. Je me suis dit qu'il s'était senti piégé. Maman était drôle et pleine d'entrain, et il ne souhaitait sûrement pas la venue d'un bébé qui monopoliserait son attention. C'est devenu plus compliqué encore quand il s'est avéré qu'il y en aurait deux.

— Tu m'avais dit que tu avais des sœurs jumelles. Tu avais l'air de les adorer.

— C'était vrai et ça l'est toujours. Mais le problème, c'est que mon beau-père était informaticien et toujours sur les routes. Quand les jumelles étaient bébés, il était souvent absent et maman n'arrivait pas à s'occuper d'elles toute seule. En plus, elle avait dû abandonner son métier.

— Je commence à comprendre où tu veux en venir.

Pouvait-il vraiment imaginer la situation ? La promiscuité, dans leur minuscule maison ?

— Ces bébés ont vraiment accaparé ma mère à un moment-clé de sa vie, et alors qu'elle ne l'avait pas souhaité. Et moi, je suis devenue baby-sitter à temps plein. Comment aurais-je pu faire correctement mes études tout en m'occupant de deux bébés ? J'ai même dû renoncer à mon premier flirt. Bien sûr, j'aimais les jumelles et maman, mais parfois, j'avais l'impression d'être une mère adolescente. Ça m'a bien fait comprendre l'erreur que ce serait d'avoir un bébé trop jeune, avant d'avoir profité de ma liberté.

— Et leur père ?

— Je lui en voulais d'occuper la place du mien et je le tenais pour responsable de la grossesse de ma mère. Mais quand les jumelles ont grandi et qu'elles ont commencé à l'appeler papa, il s'est davantage intéressé à elles. Il a trouvé un travail sur place et la famille a déménagé à Swindon, où ma mère vit toujours. Je suis restée chez mes grands-parents dans le Devon pour terminer le lycée et quand je t'ai rencontré, je venais d'achever ma première année de fac.

— À l'époque, pourquoi ne m'as-tu pas parlé de tout ça ?

— Je n'avais pas envie d'en parler, même à toi. J'avais envie d'être moi-même, pas la fille, la belle-fille ou la demi-sœur de quiconque. Mais peut-être aurais-je dû tout te raconter, pour que tu saches pourquoi l'idée de devenir une mère adolescente me faisait horreur, pourquoi je ne voulais pas dépendre d'un homme ni oublier le métier que j'avais tellement envie d'exercer.

Stefanos resta un long moment silencieux.

— Cela m'aurait permis de comprendre pourquoi, enceinte ou non, tu étais si opposée au mariage.

— Avec le recul, j'aurais dû te le dire. Mais tu te serais alors demandé pourquoi je te l'avais caché pour te donner une version retouchée de ma vie en Angleterre. À Santorin, j'avais voulu laisser tout ça derrière moi. Être simplement Claudia, sans passé, mais avec l'avenir dont j'avais tant rêvé.

— Je vois...

Vraiment ? Même elle, a posteriori, elle avait du mal

à comprendre. Pourquoi, alors qu'elle était follement amoureuse, avait-elle refusé de partager avec lui une part si importante de sa vie ?

Rien à ajouter. Peut-être Stefanos aurait-il pu lui poser d'autres questions. Peut-être aurait-elle pu lui dire qu'elle n'avait pas changé d'opinion sur le mariage.

Soudain, on frappa à la porte.

— Pendant que tu dormais, j'ai commandé à déjeuner. J'ai pensé que tu devais avoir faim.

— Après tout cet exercice ?

En le voyant sourire, elle comprit qu'il avait parfaitement saisi l'allusion.

Il avait raison, se dit-elle, elle mourait de faim. Vêtue comme lui de l'épaisse robe de chambre noire fournie par l'hôtel, elle s'assit en face de lui, à la table ronde dressée dans la partie salle à manger de la suite.

Avec ses cheveux sombres, sa bouche sensuelle et cette lueur verte dans les yeux, il était plus sexy qu'à vingt ans et tout aussi plein d'énergie, songea-t-elle, en souriant, secrètement comblée.

Il avait commandé quatre plats différents, pour lui donner le choix. Quelle extravagance !

— Je me suis souvenu que tu aimais les plats consistants.

Bizarrement pour quelqu'un qui se destinait à l'hôtellerie, elle ne se rappelait plus ce qu'il aimait. De son côté, elle appréciait la nourriture grecque traditionnelle, qu'elle avait découverte dans les petites tavernes où ils débarquaient du *Daphne* : les légumes venaient du jardin du propriétaire et le fromage était fait avec le lait de ses chèvres. Mais en fils de milliardaire, Stefanos avait sans doute des goûts plus raffinés.

Elle choisit le poulet rôti à l'estragon avec une salade, lui, le saumon. Il mangeait avec entrain, mais elle reposa sa fourchette après quelques bouchées, incapable d'en avaler davantage. Elle commençait à s'inquiéter de la tournure que prenait leur rencontre. Elle souhaita presque qu'un coup de téléphone vienne l'interrompre, mais quand elle reçut un texto de Kitty lui demandant de bien vouloir la remplacer auprès de ses clients durant l'après-midi, elle mit le mode avion. Kitty ne tarderait sûrement pas à appeler les deux employés qui emballaient les affaires de Stefanos pour savoir si tout se passait bien et elle allait se demander pourquoi Claudia leur avait fait prendre la relève.

— Pourrons-nous nous revoir la prochaine fois que je viendrai à Londres ?

« La prochaine fois » ? Choquée, elle eut du mal à trouver les mots pour répondre. Elle avait cru qu'ils ne se reverraient plus après cette dernière rencontre.

— Ce... ce serait sympa..., balbutia-t-elle. Je veux dire, de déjeuner ensemble au restaurant, pas dans ta chambre.

Si merveilleuses qu'aient été leurs retrouvailles, elle n'avait pas l'intention de devenir sa maîtresse attitrée.

— C'est bien ainsi que je l'entendais.

— Même si j'ai adoré chaque minute passée en ta compagnie.

— Oui, nous avons su tourner la page.

Ils ne l'avaient évoqué ni l'un ni l'autre, mais elle le sentait toujours aussi amer qu'elle ait refusé de l'épouser, cet été-là. La rendait-il responsable de ses deux mariages ratés ? Décidément, le beau garçon rayonnant qu'elle avait tant aimé s'était bien assombri.

— Aujourd'hui, c'était parfait. Je ne veux pas risquer de tout gâcher en... en renouvelant l'expérience, déclara-t-elle.

Ces heures passées avec lui avaient rappelé à Claudia comme ils étaient bien ensemble au lit. Mais il ne s'agissait pas d'amour, mais de sexe, or le sexe sans amour ne l'intéressait pas.

— C'est exactement mon avis. Dans la vie, on ne peut pas remonter le temps.

— Comme tu le disais, on ne se baigne jamais deux fois dans le même fleuve.

— C'est vrai.

— On est vraiment en phase, reconnut-elle avec un petit rire forcé.

Sauf sur les sujets qui comptaient, comme le mariage et les enfants. Mais qui aurait pu la blâmer de ne pas vouloir y penser quand elle avait dix-neuf ans ?

— Il y a quand même une question que j'aimerais te poser.

— Oui ?

— Aujourd'hui, tu n'as trompé personne avec moi ?

— Je t'ai déjà dit que j'étais célibataire, répondit-il, choqué. Je n'ai aucun lien avec personne. Depuis notre dernière rencontre, je n'ai pas cherché une troisième épouse. J'évite d'avoir avec les femmes le genre de relations qui susciteraient la moindre attente.

— Je vois, répondit-elle en se disant qu'elle faisait partie du lot. Si je t'ai posé cette question, c'est que j'ai fait une mauvaise expérience avec un type qui ne m'avait pas dit qu'il était marié. Sans le vouloir, j'ai blessé sa femme et ça m'a bouleversée.

Diverses expressions se succédèrent sur le visage de Stefanos : la surprise, l'irritation, très fugitivement la tendresse, puis de nouveau l'irritation.

— Claudia, comment peux-tu être aussi gentille ?

— Gentille, moi ? Je fais ce que je peux pour bien me comporter, mais je ne me suis jamais trouvée spécialement gentille.

— Tu l'as toujours été, et tu l'es restée.

Le croyait-il vraiment ? Elle se rappela cet horrible trajet jusqu'à l'aéroport et la façon dont il l'avait ghostée. Et aussi pourquoi elle ne lui avait pas dit toutes les raisons qu'elle avait de refuser le mariage. Pour préserver l'image d'elle-même qu'elle s'était forgée.

— Je suis contente que tu en sois convaincu. Contente que nous nous soyons rencontrés par hasard et… de tout le reste, dit-elle avec un geste en direction du lit, dont les draps froissés étaient encore imprégnés de son odeur.

Une odeur dont elle n'était pas pressée de se débarrasser. Elle se doucherait quand elle serait rentrée chez elle.

— Moi aussi.

— Tu viens souvent à Londres ?

— De temps en temps. Je viens d'y passer un an, et j'ai des affaires à traiter à Athènes. Mais je veux rester en contact ici avec des archéologues. Si je viens, je te ferai signe.

Des mots très agréables, très factuels. Comme s'ils avaient une relation purement amicale, pas comme s'ils venaient de faire l'amour pendant des heures, explorant minutieusement leurs corps pour jouir de tout ce que cette étreinte pouvait leur offrir. Elle se sentit soudain humiliée qu'il ait l'air de ne rien y trouver d'exceptionnel.

— J'en serai ravie, répondit-elle en écartant sa chaise de la table, peu désireuse de lui montrer qu'elle s'était attendue à tout autre chose. Ce n'est pas facile de se dire au revoir, alors je vais juste me rhabiller et partir.

— Tu ne veux pas finir de manger ?

Elle fit non de la tête. Inutile de prolonger. Sinon, elle risquerait de lui demander s'il était certain que Stefanos et Claudia, maintenant adultes, ne pourraient pas redevenir amis, pourquoi pas ? Mais elle n'allait pas prendre ce risque. Ça ne marcherait ni pour elle ni pour lui. Et elle ne devait surtout pas oublier que cet homme avait la capacité de lui briser le cœur. De nouveau.

Elle rassembla ses vêtements éparpillés au sol, ses escarpins et sa culotte cachée sous les draps, qu'elle fourra dans son sac.

Une fois rhabillée, elle jeta un coup d'œil au miroir. Ses cheveux étaient en désordre, son mascara avait coulé, ses lèvres étaient gonflées et son cou rougi par la barbe de Stefanos. Une femme qui venait de passer la matinée au lit avec son… ancien amant.

Elle ne pouvait empêcher des idées stupides de lui venir en tête. Et si… Non, ça n'irait pas plus loin que cette folle matinée. Inutile d'imaginer la moindre suite.

Elle prit son sac. Elle n'allait certainement pas rentrer chez elle en métro dans cet état, elle allait appeler un taxi et réparer les dégâts avant de rejoindre Kitty.

Stefanos était toujours assis à table, devant son assiette. Il n'avait pas avalé une bouchée depuis qu'elle lui avait annoncé son intention de partir. En la voyant, il se leva.

— Tu es prête, constata-t-il.

— Oui, répondit-elle en s'approchant de lui. Stefanos, merci…

— C'est à moi de te remercier.

— Alors, remercions-nous mutuellement.

Il la prit dans ses bras. L'heure des baisers passionnés était passée. Elle nicha la tête au creux de son épaule et resta là longtemps, à l'abri de tout, en sécurité. Mais c'était illusoire, et ces retrouvailles avec son premier amour lui sembleraient bientôt un rêve. Elle s'écarta pour le contempler. Son regard était sombre, indéchiffrable.

— Je t'ai dit que j'étais curieuse de savoir quel homme tu étais devenu. Je… je suis heureuse de ce que j'ai découvert. J'espère qu'une fois rentré chez toi, tu seras heureux, dit-elle avant de le regarder une dernière fois. Au revoir, Stefanos, *yiasou*.

— *Yiasou*, Claudia, répondit-il d'une voix rauque.

Elle l'embrassa sur la joue avant de tourner les talons, prit son sac et se dirigea vers la porte sans se retourner, de peur qu'il ne voie les larmes briller dans ses yeux.

7

Claudia avait eu tout le temps d'appeler un taxi, de regagner son duplex d'Hammersmith, de se doucher, de se changer et d'aller retrouver son amie Kitty chez elle, dans sa belle maison de Chelsea avec vue sur la Tamise. Sebastian étant en voyage d'affaires, elles avaient prévu de passer la soirée ensemble, entre filles.

Kitty l'accueillit en la serrant contre son cœur.

— Qu'est-ce qui te rend si... lumineuse ? dit-elle. Ou plutôt qui ? Serait-ce ton mystérieux client de Bloomsbury ?

— Oui, Kitty. Stefanos a soudain resurgi du passé. Tu te rappelles mon premier amour ? Le garçon de Santorin ?

— Le milliardaire qui t'avait ghostée ?

— Lui-même. Stefanos Adrastos.

— Je n'arrive pas à y croire, s'exclama Kitty, stupéfaite. Il avait tout manigancé ou est-ce une simple coïncidence ? Viens t'asseoir et raconte-moi tout...

Kitty la guida vers le petit salon de la grand-mère de Sebastian qu'elle s'était approprié et elles s'assirent côte à côte sur un canapé. Tout en versant un verre de vin à Claudia, son amie la pressa de lui expliquer pourquoi elle avait laissé si soudainement tomber son travail – ce qui ne lui était encore jamais arrivé.

— Une étreinte en sursis depuis dix ans ! s'écria Kitty,

captivée par le récit de ce premier amour resurgi en plein cœur de Londres. Ce doit être terriblement excitant...

Oui, Kitty avait mis dans le mille. Bien sûr. Il n'y avait rien eu d'autre que du plaisir entre deux êtres qui n'avaient pas oublié à quel point ils se sentaient bien ensemble, dans un lit. Ils ne s'étaient fait aucune promesse, pas même celle de rester bons amis. Pourtant tout avait été si parfait...

— Stefanos est tellement sexy ! reconnut Claudia en riant.

— Dans ce cas, je me demande ce que tu fais ici avec moi au lieu d'être avec lui. Tu vas le revoir ?

— On a parlé de se revoir la prochaine fois qu'il viendra à Londres. Mais je ne suis sûre de rien...

— Tu en as envie ?

— Pour le plaisir physique, oui. Mais c'est compliqué. Vraiment. Il a déjà été marié et a divorcé deux fois.

— Peut-être parce qu'il ne t'a jamais oubliée ?

— Je me demande s'il ne m'en veut pas encore d'avoir refusé de l'épouser à l'époque. J'ignore pourquoi il a divorcé. Et il est resté aussi beau qu'il y a dix ans, ajouta-t-elle d'un ton nostalgique. Peut-être même plus. Plein d'assurance et de confiance en lui.

— Il semble que tu lui aies plu, toi aussi.

— Sans doute. Mais tu sais que je n'apprécie pas les aventures d'un soir.

— Depuis que tu es rentrée en Angleterre, tu n'es sortie avec personne.

Elles s'étaient rencontrées des années auparavant alors que Kitty s'occupait des relations publiques pour un hôtel où Claudia venait d'être embauchée. Malgré son départ à l'étranger, elles étaient restées amies.

— PWP me prend tout mon temps et toute mon énergie, déclara-t-elle, sur la défensive.

Ce n'était pas vrai, elle le savait. Seulement, son aventure avec Brad à Sydney lui avait fait perdre confiance. Pas question d'utiliser un site de rencontres, et elle n'avait encore croisé personne qui lui plaise dans un bar, ni à une fête, ni nulle part ailleurs. En fait, elle se méfiait trop pour pouvoir fréquenter un homme. Jusqu'à ce que Stefanos, le seul homme qu'elle ait jamais vraiment aimé, lui ouvre la porte de son appartement de Bloomsbury.

— Si la personne en question en valait la peine, tu trouverais le temps et l'énergie.

Claudia avala une gorgée de vin.

— En fait, je ne peux pas m'empêcher de me dire que Stefanos est le bon et qu'il l'a toujours été. Mais j'ai laissé passer ma chance il y a dix ans et elle ne se représentera pas. Lui-même m'a toujours dit qu'on ne se baigne pas deux fois dans le même fleuve. Un proverbe grec.

— Effectivement, c'est à la fois triste et définitif.

— De toute façon, même si j'avais envie de le revoir, la balle est dans son camp. On s'est fait du mal tous les deux par le passé, et je m'en voudrais de rouvrir nos vieilles blessures. Je me méfie.

— Oui, mais si… ?

— C'est ça. Mais si… Mais si j'étais restée en Grèce avec Stefanos quand j'avais dix-neuf ans ? Si je n'étais pas rentrée et si j'avais laissé tomber la fac ?

— À l'âge adulte, tu lui en aurais voulu.

— Tu crois ?

— Oui. Tu te serais demandé ce que tu serais devenue si tu avais exercé le métier dont tu rêvais au lieu de te marier si jeune.

— Mais des tas de filles se marient très jeunes.

— Maintenant, tu aurais quatre enfants.

— Je ne crois pas.

Elle se souvint qu'à l'époque, Stefanos avait très envie

d'être père. Mais aurait-il voulu quatre enfants ? Aujourd'hui, bizarrement, à trente ans, il n'en avait pas.

— Tu aurais eu assez d'argent pour avoir autant d'enfants que tu aurais voulu.

— Entre Stefanos et moi, l'argent n'a jamais compté. Quand je l'ai rencontré, j'ai cru qu'il était matelot sur le *Daphne*, ce qui n'aurait rien changé pour moi.

— Entre Sebastian et moi l'argent n'a jamais non plus posé de problème.

Sebastian, qui avait été le client de Kitty avant de devenir son mari, avait réussi par lui-même, mais il avait aussi hérité de la fortune paternelle.

— Il s'est révélé que Stefanos était riche et qu'il était le propriétaire du yacht où il vivait. Je me demande s'il l'a gardé. On n'en a pas parlé.

— Vous étiez trop occupés ailleurs, dans votre chambre d'hôtel ?

— Oui, et c'était délicieux, acquiesça Claudia en souriant.

Si délicieux qu'elle aurait aimé fermer les yeux pour revivre ces moments. Mais c'était bon d'en parler avec Kitty.

— Tu ne sauras jamais si à l'époque tu as pris la bonne décision. Pourtant, je crois que tu as bien fait. Ça t'a permis d'exercer le métier dont tu rêvais, de voir le monde et maintenant, tu as monté une affaire qui marche. Et puis, si tu n'avais pas pris cette décision, nous ne nous serions pas rencontrées et je le regretterais !

— Comment pourrais-tu le regretter puisque tu ne m'aurais pas connue ?

— Exact, nota Kitty avec un sourire amusé.

— Je voudrais sauter dans un avion pour Athènes et aller frapper chez lui pour lui demander de nous donner une seconde chance. Nous étions si bien ensemble… Mais nous avons vieilli, lui et moi, et j'ai fait le tour de mes rêves.

— Mais ?

— Mais je sais que je n'oserai jamais ! Aujourd'hui, c'était merveilleux et mieux vaut en rester là. Nous avons parlé de tas de choses que nous ne nous étions pas dites il y a dix ans et peut-être cela a-t-il tempéré son ressentiment envers moi. Et nous avons fait l'amour une dernière fois.

— Mais ça t'a donné encore plus de regrets.

— C'est vrai, reconnut Claudia, mais peut-être n'était-ce aussi génial que parce que notre rencontre était inattendue et qu'elle a mis un point final à notre histoire ? En fait, je ne sais pas si je peux lui faire confiance. Est-il vraiment célibataire ? Même s'il a divorcé deux fois et s'il ne veut pas se remarier, il a sans doute une maîtresse. Imagine que je frappe à sa porte et qu'elle vienne m'ouvrir ! Il m'a déjà brisé le cœur, je ne veux pas qu'il recommence. Mieux vaut en rester là. En réfléchissant, je comprends que j'ai mis des années à m'en remettre.

— T'en es-tu jamais vraiment remise ?

— Bien sûr.

— Si tu le dis...

— Il dit qu'il reviendra à Londres et m'invitera à déjeuner. S'il ne me ghoste pas de nouveau.

— Tu crois qu'il le ferait ?

— Qui peut le dire ?

8

Au grand soulagement de Claudia, Stefanos ne la ghosta pas, bien au contraire. À peine rentré à Athènes, il lui envoya un texto. Elle saisit son téléphone, le cœur battant, la bouche sèche, et fut profondément déçue en lisant qu'il avait été ravi de la revoir de façon si inattendue.

Quelques messages tout aussi réservés et impersonnels suivirent. Rien de plus. C'était un peu blessant de constater que la matinée qu'ils avaient passée ensemble ne lui avait pas laissé un souvenir mémorable. Mais il ne lui avait rien promis de plus – elle non plus d'ailleurs, il ne fallait pas qu'elle l'oublie.

Cependant, pour elle, les détails de cette journée étaient inoubliables : l'incroyable coïncidence de leur rencontre et l'étreinte torride qui s'était ensuivie ne se reproduiraient pas, mais elle espérait bien le revoir pour en savoir davantage sur ce qui lui était arrivé au cours de ces dix dernières années.

Elle travailla plus intensément que jamais, accumulant les extra. Elle multiplia par deux le nombre de ses séances de gym et passa ses soirées devant la télé. Tout pour essayer d'oublier Stefanos. Elle ne pensait pas sans cesse à lui, mais il surgissait inopinément dans son esprit plus souvent qu'elle ne l'aurait voulu, ce qui la déstabilisait.

Six semaines plus tard, elle se sentait très fatiguée, au point d'en perdre l'appétit, et souffrait de nausées. Elle cessa de faire des heures de travail et de gym supplémentaires, mais ne s'en trouva pas mieux, et elle en fut frustrée car elle avait toujours joui d'une parfaite santé et d'une énergie rare.

Dès qu'elle en eut le temps, elle alla consulter son médecin traitant.

— Vous avez fait un test de grossesse ? lui demanda-t-il dès qu'elle lui eut énuméré ses symptômes.

— Je ne suis pas enceinte !

Impossible. Pourtant, quand le médecin lui demanda la date de ses dernières règles, elle prit conscience qu'elle avait plusieurs semaines de retard. Sans doute l'effet de l'exercice intensif et du stress...

— Mieux vaudrait éliminer en premier lieu cette éventualité, déclara le praticien en lui tendant un test avant de lui indiquer la salle de bains.

Enceinte ? Après cette seule matinée passée avec Stefanos où ils avaient fait très attention ? Ce n'était pas possible. Soudain la panique la prit. Ses mains tremblaient si fort qu'elle faillit faire tomber le test dans les toilettes.

Allons, Claudia ! Le médecin a dit qu'il s'agissait seulement d'éliminer cette éventualité.

Les trois minutes nécessaires à valider le test lui parurent très longues, jusqu'à ce qu'il se révèle indéniablement positif.

— Ce test est-il fiable ? s'enquit-elle en se rasseyant en face du médecin, les jambes tremblantes.

— Extrêmement fiable. Êtes-vous heureuse d'être enceinte, Claudia ?

— Je... Il faut que je m'habitue à cette idée. Ce n'était pas prévu.

Concernant ses nausées et sa fatigue, n'avait-elle pas

préféré le déni ? Ses seins avaient grossi, mais elle s'était convaincue que c'était le résultat de ses séances de gym. Sans vraiment envisager d'autre explication.

— Je vais vous examiner, dit le médecin.

Elle s'étendit sur la table tout en continuant à réfléchir. Comment allait-elle s'organiser ? Et Stefanos ? Devait-elle le lui annoncer ? N'avait-il pas le droit de savoir ? Qu'en penserait-il ? Et quelles seraient les conséquences pour PWP ?

— Vous êtes bien enceinte, déclara le praticien. De huit semaines environ.

— Je peux vous donner la date exacte de la conception.

— Vous en êtes si certaine ?

— Absolument. Je n'avais pas eu de rapport depuis longtemps.

— Et le père ?

— Il n'est plus dans les parages. Nous n'entretenons pas de relation et il vit à l'étranger. Je serai seule à assumer cet enfant.

— Vous voulez le garder ?

Claudia fut surprise par l'élan de possessivité qu'elle ressentit alors. Elle posa la main sur son ventre. *Son* bébé. Cela lui semblait aller de soi.

— Certainement. Je ne me suis jamais imaginée en mère, mais brusquement, j'ai vraiment envie de ce bébé.

Elle se sentit parcourue par un frémissement d'excitation. Sa vie allait changer. Définitivement.

— C'est merveilleux, lui dit le médecin en souriant. Vous savez, il existe des tas d'aides pour les parents isolés, y compris des aides financières.

— J'espère ne pas en avoir besoin. Je possède ma propre affaire. Je peux m'en sortir seule.

— Vous connaissez bien le père ?

— C'est une vieille relation. Mais je pensais en rester là avec lui.

— Si je vous pose la question, c'est à cause des tests permettant de diagnostiquer des maladies héréditaires. Il serait bon que le père puisse y participer.

— Pour être franche, j'ignore s'il souhaitera s'impliquer, et si c'est le cas, jusqu'à quel point.

— Vous devriez au moins lui demander quel est son groupe sanguin. Vous avez un rhésus négatif. Si votre bébé est positif, vous risquez d'avoir des problèmes. Avez-vous déjà été enceinte ou fait une fausse couche ?

— Non. J'ai déjà cru être enceinte, mais c'était une fausse alerte.

— Une fausse alerte peut être une fausse couche précoce. Ce serait important que vous connaissiez le groupe sanguin du père.

Elle n'avait donc plus le choix. Elle allait devoir annoncer à Stefanos qu'elle était enceinte et elle redoutait de le faire. Elle ressortit du cabinet du médecin, chargée de brochures sur la grossesse, mais incapable de penser à autre chose qu'à la réaction de Stefanos. Dans la rue, en croisant une poussette, elle fut submergée par une émotion si forte que les larmes lui montèrent aux yeux. Jusque-là, elle n'était pourtant pas du genre à s'attendrir sur ce type de spectacle.

— Votre bébé est adorable, dit-elle à la mère.

Ces petites mains parfaites, ce gracieux duvet, cette bouche en bouton de rose… Une pure merveille.

— C'est vrai, n'est-ce pas ? Merci, répondit la mère en jetant un regard attendri à son rejeton. Vous êtes enceinte ?

— Oui. Je dois accoucher en janvier.

— Félicitations. Je n'ai jamais rien fait de mieux dans ma vie.

Claudia se sentit submergée par une immense vague

de bonheur et sourit aux anges. Elle allait être mère et cela la rendait follement heureuse.

Durant les deux jours qui suivirent, elle garda la nouvelle pour elle. Parce qu'elle n'avait pas la force d'entrer en contact avec Stefanos. Il lui avait envoyé un texto pour lui annoncer qu'il comptait venir bientôt à Londres et qu'il espérait pouvoir la rencontrer, mais n'avait pas fixé de date précise. Elle ne lui avait pas encore répondu.

Elle ne pouvait pas lui demander son groupe sanguin par texto et elle était terrifiée à l'idée de l'appeler. Elle n'était pas du genre à procrastiner, d'autant que le médecin avait bien insisté sur l'importance de cette information. Elle n'avait déjà que trop tardé. Elle s'assit dans le salon, prit une profonde inspiration et saisit le téléphone. Elle lui parlerait d'abord de sa prochaine visite à Londres avant de s'enquérir de son groupe sanguin. Athènes ayant deux heures d'avance sur Londres, il était sûrement sur le point de déjeuner. Elle composa son numéro d'une main tremblante.

Visiblement, son appel le surprit, et elle se demanda s'il avait hésité à répondre en découvrant le numéro qui s'affichait sur son téléphone.

— Je ne te dérange pas ? demanda-t-elle.

— Pas du tout. Je suis chez moi.

En entendant sa voix, si profonde, si charmante avec cette pointe d'accent, elle oublia le discours qu'elle avait préparé.

— Euh... Je voudrais te demander quel est ton groupe sanguin. Nous n'en avons jamais parlé, évidemment.

— Mon groupe sanguin ? demanda-t-il, étonné.

Elle n'avait pas voulu le décontenancer de cette façon.

— Pourquoi me poses-tu cette question ?

— Dis-le-moi et je t'expliquerai.

À peine avait-elle prononcé ces mots qu'elle le regretta. Cela risquait d'éveiller ses soupçons. Elle aurait voulu raccrocher et faire comme si elle n'avait pas appelé.

Avait-il déjà compris ? Très peu de gens étaient au courant des complications liées au facteur rhésus négatif.

— S'il te plaît, contente-toi de répondre à ma question.

Peut-être avait-il décelé de l'anxiété dans sa voix car il répondit immédiatement :

— O négatif.

— C'est une bonne nouvelle. Enfin, de mon côté... je veux dire, moi, je suis rhésus négatif... et comme il s'avère que je suis enceinte, cela aurait posé un problème que le père soit positif. Mais comme il est négatif... enfin... comme *tu* es négatif...

Il y eut un long silence à l'autre bout de la ligne.

— Tu es enceinte ? De moi ?

— Oui. Sans aucun doute. Avant toi, je n'avais pas eu de relation depuis longtemps, et après toi... non plus.

Un autre long silence. Si elle avait espéré l'entendre pousser un cri de joie, ce n'était pas le cas. Elle ne se sentait pas bien, non pas à cause de sa grossesse, mais parce qu'elle redoutait sa réaction.

— Quel choc ! finit-il par avouer. Nous avions pourtant pris des précautions.

— Pas suffisamment, semble-t-il. Rassure-toi, Stefanos, je ne te demanderai rien d'autre, mais j'avais besoin de connaître ton groupe sanguin. Parce que c'est peut-être ma deuxième grossesse, en fait. En Grèce, j'ai peut-être fait une fausse couche sans le savoir. Alors, si l'enfant hérite de son père un rhésus positif, cela pourrait être dangereux pour lui.

— Une seconde grossesse ? Mais...

— Le médecin m'a dit qu'un retard de dix jours pouvait

avoir pour origine une fausse couche précoce, dit-elle, gênée de ne pas pouvoir lire ses réactions sur son visage. Dans ce cas, j'aurais pu fabriquer des anticorps contre un bébé de rhésus positif. C'est la raison pour laquelle il fallait absolument que je te pose cette question. Mais comme tu es négatif et moi aussi, pas de problème.

Nouvelle pause.

— Sinon, quand pensais-tu m'annoncer cette grossesse ?

— Je... je n'en sais rien. C'est encore très tôt. Je ne voudrais pas que ça se termine comme la dernière fois.

Elle aurait voulu être plus sûre d'elle. Si elle n'avait pas rencontré ce problème de rhésus, elle aurait attendu douze semaines, pour être certaine de ne pas refaire la même erreur.

— Donc tu es absolument sûre d'être enceinte ?

— Sans aucun doute. Le médecin l'a confirmé. De huit semaines.

Autre long silence.

— Et qu'est-ce que tu en penses ?

Lui demandait-il si elle avait l'intention de garder l'enfant ? Elle ne pouvait pas le blâmer car même lors de leur dernière rencontre, elle lui avait clairement dit que ni le mariage ni les enfants ne faisaient partie de ses projets.

— C'est un grand choc. Je n'y ai d'abord pas cru, et puis je l'ai accepté et finalement, j'en suis très heureuse. Cela doit te surprendre, compte tenu de ce que je t'ai toujours dit, mais je veux cet enfant de tout mon cœur. Je ne suis plus une étudiante de dix-neuf ans, j'en ai vingt-neuf aujourd'hui et j'ai ma propre affaire, alors c'est très différent.

— Quel revirement !

Le mot était parfaitement choisi.

— Et puis, le monde a changé, et moi aussi.

— Et moi, quel rôle t'attends-tu à ce que je joue dans tout ça ?

— Celui que nous déciderons ensemble. En tout cas, tu pourras le voir autant que tu voudras.

Elle avait adoré son père et elle ferait son possible pour que Stefanos tienne une place essentielle dans la vie de leur enfant.

— Il faut que je réfléchisse, déclara-t-il après une pause. C'est tellement inattendu...

— Ça l'a été pour moi aussi.

— Tu vas bien ? Et ta santé ?

— Pour être honnête, je me sens un peu fragile, mais ce sont les premières semaines. Je me ménage : j'ai pris quelques jours de congé et renoncé à emballer ou à soulever des charges. Le médecin dit que ça ira bientôt mieux.

Claudia espéra que son praticien disait vrai. Récemment, ses nausées s'étaient multipliées, matin, midi et soir.

— Prends bien soin de toi.

Une formule très impersonnelle, mais qu'espérait-elle ? Elle n'avait cessé de proclamer qu'elle était indépendante et n'avait pas besoin d'un homme dans sa vie. Pourtant, quelques mots gentils lui auraient fait du bien. Elle ne s'était pas attendue à se sentir si vulnérable.

— J'y veille. Je vais surélever mes jambes et lire des livres sur la grossesse. Mais je dois appeler le médecin pour l'informer de ton groupe sanguin. Merci, Stefanos.

De quoi le remerciait-elle ? De n'être pas positif ? D'avoir été donneur de sperme malgré lui ? De ne pas l'avoir accusée d'avoir cherché à piéger le milliardaire qu'il était ?

Mais jamais il n'aurait cru ça d'elle, et elle le savait.

À moins que...

Stefanos posa son téléphone sur la table où il déjeunait, tout près de la piscine, dans sa villa d'Athènes offrant une belle vue sur le port. Durant un long moment, il fixa l'eau bleue qui étincelait au soleil.

Donc, Claudia était enceinte de lui, il n'en doutait pas. Ce dont il doutait, c'était sa propre réaction. Deux divorces lui avaient fait passer l'envie d'avoir des enfants. Un enfant vous lie définitivement à une femme, que vous le vouliez ou non. Il frissonna à l'idée d'être lié pour la vie à quelqu'un comme Tiana.

Avec Claudia, ce n'était pas une histoire aussi douloureuse et s'il n'y avait pas eu ses deux précédents mariages, il lui aurait aussitôt proposé de l'épouser. C'est ce qu'il aurait dû faire, ce qu'on aurait attendu de lui. Pas de doute, il la trouvait toujours aussi attirante. Mais il ne savait rien d'elle, ou presque. À Santorin, elle avait réussi à lui cacher l'histoire de sa famille et ses motivations. Qui sait si elle ne lui dissimulait pas d'autres secrets ? Et il ne savait toujours pas si leur relation n'était pas uniquement physique et donc vouée à s'étioler avec le temps.

Mais il y avait un enfant en route. Son enfant à lui.

Cette nouvelle, dix ans plus tôt, il s'en serait réjoui en sablant le champagne. Mais aujourd'hui, il avait tellement perdu confiance qu'il avait abandonné l'idée de fonder une famille. Pourtant, plus il imaginait Claudia enceinte ou lui-même tenant un enfant dans ses bras et songeant à l'avenir de sa fille ou de son fils, plus les barrières qu'il avait élevées pour contenir ses émotions s'effritaient.

Oui, il voulait très fort un enfant. Sans être, pour autant, lié à sa mère. Bébé ou pas, il ne se laisserait pas piéger pour la troisième fois dans un mariage sans amour. Il s'était gravement trompé sur les femmes qu'il avait épousées – surtout Tiana – et il ne voulait pas recommencer.

Tiana lui avait menti et ce n'est qu'après leur mariage qu'il avait découvert qu'elle était plus âgée qu'elle ne le prétendait et qu'elle avait déjà un enfant d'un autre homme. À aucun moment elle n'avait arrêté de prendre des contraceptifs.

Quel genre de femme cache son enfant à l'homme qu'elle a épousé parce qu'elle n'a en vue que sa fortune ? Et comment avait-il pu être assez crédule pour ne pas repérer des incohérences dans l'histoire qu'elle lui racontait ? Mais il avait changé, et jamais plus il ne prendrait pour argent comptant ce que prétendait une femme. Si Tiana l'avait appelé à l'improviste pour lui annoncer qu'elle était enceinte, il aurait d'abord téléphoné à son avocat.

Au fond de lui, il savait que Claudia n'avait rien à voir avec Tiana. Même après dix ans, personne ne peut changer sa véritable nature. D'abord, jamais elle n'avait manifesté le moindre intérêt pour sa considérable fortune. À Bloomsbury, elle avait même insisté pour payer son café et son déjeuner, ce qu'il avait trouvé très étonnant car même ses amis s'attendaient toujours à le voir régler l'addition.

Mais il avait été choqué par ses révélations sur sa famille, les raisons pour lesquelles elle refusait le mariage et le fait qu'elle lui avait caché quelque chose d'aussi important.

Et puis, il se faisait du souci pour elle. Elle avait eu beau prendre un ton détaché, dans sa voix, il avait senti de l'inquiétude.

Elle portait un enfant de lui.

Son métier était fatigant, très physique. Elle avait peut-être déjà fait une fausse couche. Ne risquait-elle pas d'en subir une seconde ? Maintenant qu'il avait accepté l'idée de cette grossesse, il ne voulait pas perdre cet enfant.

Sa mère avait souffert de multiples fausses couches avant et après sa naissance, et la vie de ses parents en avait été brisée. Stefanos était resté fils unique et avait concentré tous leurs espoirs, toutes leurs attentes. C'est pour cette raison qu'il avait accepté de sacrifier son goût pour l'histoire et l'archéologie pour prendre les rênes de l'affaire familiale. Tout comme il avait désiré dès son plus jeune âge fonder une famille, ce qui l'avait poussé à proposer à Claudia de l'épouser.

Cet enfant, il le désirait farouchement, avec passion. Il ne serait pas forcé de se marier avec Claudia – en admettant qu'elle y songe. Mais il devrait prendre soin d'elle et de leur enfant. Le plus tôt serait le mieux.

9

Le lendemain matin, tandis qu'elle se brossait les dents dans son appartement d'Hammersmith, Claudia n'entendit pas le premier coup de sonnette. Son duplex, situé dans une maison ancienne rénovée, comprenait une petite entrée, au rez-de-chaussée. Un escalier étroit conduisait à un salon, une cuisine, une salle de bains et deux chambres dont la plus petite lui servait de bureau.

Comme on insistait, elle se rinça la bouche à la hâte. Elle avait de plus en plus de mal à supporter ces nausées matinales.

« N'essaye pas de lutter, laisse-toi aller, lui avait conseillé sa mère. Et une fois que tu te sens un peu mieux, essaye de grignoter un biscuit. »

Très efficace, jusqu'à la prochaine...

Elle continuait à s'instruire sur les différents stades de développement du bébé, redoutant qu'elle ou il ne soit pas suffisamment nourri parce que sa mère ne parvenait pas à garder assez de nourriture.

Tout en resserrant la ceinture de son kimono, elle se dirigea vers la porte. Elle n'attendait aucun paquet. Il était trop tôt encore pour commander des accessoires pour le bébé ; avant la première échographie, cela risquait de lui porter malheur. Qui cela pouvait-il bien être ?

En consultant l'écran de la caméra d'entrée, elle découvrit sur le perron une haute silhouette masculine aux larges épaules. Stefanos ! Elle pâlit soudain et ouvrit la porte d'une main tremblante.

— Stefanos ! Qu'est-ce que tu fais ici ?

— Je suis venu voir comment tu allais. Lorsque nous avons parlé, hier, j'ai eu l'impression que tu n'étais pas bien.

— Mais comment...

— J'ai pris l'avion très tôt ce matin.

Plus beau encore que lorsqu'elle l'avait quitté, il portait un pantalon gris foncé, une chemise blanche aux manches relevées sur ses avant-bras hâlés, des baskets noires, et il tenait à la main des lunettes de soleil. On l'aurait cru sorti des pages d'un magazine.

— *Kalimera*, dit-il d'une voix enjouée. Bonjour.

— *Kalimera*, balbutia Claudia, consciente qu'il devait la trouver bien débraillée.

Échevelée, sans maquillage, pas encore habillée. Elle qui tenait à toujours être impeccable, repassait ses leggings et ses T-shirts de travail et cirait ses baskets... Mais en ce moment, elle n'avait plus l'énergie nécessaire.

— Entre, dit-elle en se drapant plus étroitement dans son kimono. L'appartement est à l'étage.

L'entrée était si étroite qu'elle dut se contorsionner pour éviter tout contact. Elle lui fit signe d'emprunter l'escalier, où elle le suivit. Même dans l'état où elle se trouvait, elle sentait ses jambes flageoler.

— C'est charmant ici, dit-il en arrivant en haut des marches.

Grâce à ses fenêtres donnant sur le sud, la pièce était très claire, peinte en blanc cassé, et la cuisine et la salle de bains venaient d'être rénovées. Claudia avait choisi un mobilier neutre qu'éclairaient des coussins en batik balinais et quelques souvenirs de voyage. Compte tenu des circonstances, elle devrait songer à acheter, mais cela engloutirait toutes ses économies.

— Oui, cela me plaît bien, et le loyer reste raisonnable.

Pourquoi se sentait-elle obligée de se justifier ?

— Tu n'es pas propriétaire ?

— Non, mais je l'envisage.

Bienvenue dans le monde des gens ordinaires. Tout son appartement aurait tenu dans le salon de Bloomsbury.

— Un café ? reprit-elle sans réfléchir.

— Oui, merci. Je...

La simple idée du café suffit à déclencher une tempête au creux de son estomac.

— Excuse-moi, je...

Elle dut s'interrompre pour se précipiter vers la salle de bains, dont elle claqua la porte derrière elle.

Après s'être aspergé le visage d'eau froide, elle se demanda pourquoi Stefanos était venu la voir. Quand elle émergea, debout près de la fenêtre, il contemplait le petit jardin qu'elle partageait avec les deux autres duplex de la maison.

— Tu n'as pas l'air en forme, dit-il après s'être retourné.

— C'est très gentil à toi de me le faire remarquer.

— Je ne cherchais pas à te vexer. Mais on voit que tu n'es pas bien.

— Au début d'une grossesse, les nausées matinales sont très banales.

— À ce point ? D'ailleurs, on dirait que tu as maigri.

— Oui, elles sont pires que je l'imaginais, mais le médecin m'a assuré que ça allait passer.

— Comment fais-tu pour travailler ?

— Je ne soulève rien et je ne fais aucun effort physique. Je ne veux prendre aucun risque. Je me cantonne à des tâches administratives, chez moi. Nous avions engagé une jeune femme pour aider Kitty et elle pourra également me remplacer.

Claudia avait même du mal à accomplir ce travail de bureau en raison des nausées et de sa fatigue. Elle ne dormait pas bien, mais elle n'avait aucune envie de le reconnaître devant lui.

— Tu réussis à manger un peu ?

— Pas vraiment. J'ai trop de nausées.

— Tu as quelqu'un pour t'aider ? demanda-t-il en faisant un pas en arrière.

— C'est inutile. Je me débrouille très bien toute seule, comme le font des tas de femmes. Et puis je pourrai toujours appeler ma mère, qui est folle de joie à l'idée de devenir grand-mère. Elle n'a jamais encore rencontré ses petits-enfants qui vivent en Australie. Et les jumelles ont hâte d'être des taties.

— Très bien, mais depuis quand n'as-tu pas pris de vacances ?

— Je suis allée dans ma famille, à Swindon, pour Noël.

— Je veux parler de vraies vacances.

— Pas depuis la création de notre entreprise, il y a trois ans. Ni Kitty ni moi n'avons eu le temps. Mais depuis les récents événements, les gens voyagent moins.

— Il te faudrait du repos et une nourriture appropriée, c'est évident. Pour ta santé... et pour celle du bébé.

C'était la première fois qu'il employait ce mot.

— Kitty me fait porter des petits plats délicieux préparés par son cuisinier. Je fais de mon mieux pour les manger.

Elle s'abstint de dire qu'il était rare qu'elle puisse les garder.

— Est-ce vraiment suffisant ?

— Je tiens le coup. Avant d'être enceinte, j'étais en parfaite santé. Mais j'ai subi un gros choc, comme toi, je suppose. Je croyais être victime d'une intoxication ou d'une allergie. D'autre part, je t'assure que tu es le père, mais si tu veux que je fasse faire un test ADN, je ne serai pas vexée. On peut en faire un sans risque pour l'enfant pendant la grossesse, ou après la naissance.

En prononçant ces mots, sans comprendre pourquoi, elle sentit les larmes lui monter aux yeux. Depuis des semaines, elle était en proie à des émotions contradictoires, dues sans doute à un bouleversement hormonal. Et puis, elle était stressée d'avoir dû expliquer que le père de l'enfant n'était pas dans le paysage, qu'elle ne connaissait pas son groupe sanguin et qu'elle avait l'intention de rester parent célibataire. Elle se serait sentie gênée de demander un test ADN au laboratoire le plus proche dont la réceptionniste s'était sûrement dit qu'elle ignorait qui était le père, compte tenu du nombre d'hommes qu'elle fréquentait. Même s'il valait mieux qu'elle le croie, plutôt que d'imaginer que le père du bébé exigeait un test ADN de peur de se faire piéger par une femme qui n'en voulait qu'à son argent.

— Je ne veux pas de test ADN, dit Stefanos.

— Mais je...

— Je suis certain que jamais tu ne me mentirais sur un point aussi important.

Elle leva vers lui ses yeux pleins de larmes.

— Merci, Stefanos. Je suis très touchée. Vraiment, répondit-elle en s'essuyant les yeux d'un revers de main. En fait, je ne pleure pas, mais je ne me sens pas bien, et puis je suis si fatiguée et dépassée, et... et... j'ai très peur.

Malgré tous ses efforts, elle ne put s'empêcher de fondre en larmes. Stefanos se précipita pour la prendre dans ses bras, où elle se laissa aller à pleurer.

Peu à peu, elle finit par se calmer. Elle aurait voulu rester toujours blottie contre lui, pour ne pas avoir à lui faire face après s'être ainsi « donnée en spectacle ».

L'expression qu'affectionnait sa grand-mère quand, enfant, elle se mettait en colère ou commençait à pleurer – ou quand, adolescente, elle avait un peu trop bu. Pour Grandma Eaton, cela n'avait pas été de tout repos de les élever, Mark et elle, pendant que leurs parents travaillaient au pub. Apparemment, dans son enfance, Claudia aimait bien se donner en spectacle, et elle se faisait rabrouer. Rien d'étonnant à ce qu'en grandissant elle se soit efforcée de dissimuler ses émotions pour offrir aux autres la meilleure image d'elle-même.

Elle finit pourtant par se dégager, même si cela lui donna l'impression de quitter un havre de paix. En levant les yeux, elle fut soulagée de voir que ceux de Stefanos n'exprimaient aucune critique.

— Excuse-moi, je ne voulais pas...

— Je t'ai déjà dit que je ne voulais plus entendre « excuse-moi » ! Tu n'as absolument pas à t'excuser, répondit-il en écartant doucement une mèche qui lui barrait le front.

— Ta chemise est toute mouillée ! Heureusement que je n'avais pas mis de mascara.

— Ce ne sont que des larmes, ça séchera.

— Mais elle risque d'être froissée. Permets-moi de la repasser.

— Inutile ! Ce qui me ferait plaisir, Claudia, c'est que tu me dises pourquoi tu as si peur d'avoir un bébé.

Stefanos guida Claudia vers le canapé – une Claudia qui lui semblait très fragile et dont la silhouette ne trahissait la grossesse que par le gonflement notable de ses seins. Elle lui avait semblé plus mince que la dernière fois qu'il l'avait serrée dans ses bras, ce qui n'était pas normal si elle était déjà enceinte de huit semaines.

— Assieds-toi. Veux-tu boire quelque chose ?

— Oui, je veux bien. Il y a de l'eau gazeuse dans le frigo. Et toi, sers-toi ce que tu veux, ajouta-t-elle, mais je préférerais que tu ne fasses pas de café. Je ne supporte pas l'odeur.

— Tu ne veux rien manger ? s'enquit-il après avoir posé deux verres d'eau minérale sur la table basse.

— Non, merci.

Avec ses yeux rougis et ses cheveux en désordre, elle lui parut très vulnérable, ce qui ne l'empêchait d'ailleurs pas d'être toujours aussi attirante. Elle avala lentement quelques gorgées avant de s'adosser au canapé.

— Ça va mieux ?

Il s'était installé de façon à voir son visage, tout en gardant ses distances.

— Oui. Merci.

— Je peux commencer par t'expliquer pourquoi je me sens dépassée ?

— Bien sûr.

— D'abord, comme je te l'ai dit, je n'ai jamais projeté de fonder une famille. Ni en me mariant ni à plus forte raison sans me marier.

Il voulut l'interrompre, mais elle fit un geste pour l'en empêcher et continua.

— Ce n'est pas que j'appréhende d'avoir un bébé sans être mariée, des tas de femmes célibataires se révèlent d'excellentes mères.

En revanche, sa famille à lui, très conservatrice, y verrait certainement un problème. Mais il n'avait pas l'intention de parler de Claudia à sa *mitera*, qu'il adorait mais à qui il n'avait pas encore tout à fait pardonné de l'avoir encouragé à épouser Arina alors qu'elle soupçonnait celle-ci d'être lesbienne. Et il n'était pas disposé à épouser Claudia par pure convenance sociale.

— Évidemment.

— Mais je sais d'expérience qu'un bébé donne beaucoup de travail et je suis inquiète de ne pas pouvoir à la fois travailler et assumer la maternité. Beaucoup de femmes le font, et je devrais y parvenir, mais je me sens dépassée par tout ce que je vais devoir organiser.

À ce stade, Stefanos ne voulait pas lui proposer de l'aider. Pas avant de s'être fait à l'idée qu'il allait devenir père, mais pas de la façon dont il avait rêvé. Oui, il lui offrirait une aide financière, car pour lui, subvenir aux besoins de son enfant tout au long de sa vie était une obligation. Qui sait ? Si Claudia renonçait à s'occuper de l'enfant, il organiserait la garde et lui octroierait un droit de visite. Mais il était encore trop tôt pour en discuter, et il ignorait comment elle le prendrait.

Cela faisait moins de vingt-quatre heures que la bombe avait éclaté, et il devait en parler à un juriste avant de prendre le moindre engagement. Cette leçon, il l'avait apprise de ses démêlés avec Tiana.

— Pourquoi as-tu si peur ? questionna-t-il.

— À cause de l'accouchement. Une de nos employées a eu un bébé l'an dernier et ce qu'elle m'a raconté n'était pas rassurant, loin de là ! Tu as regardé cette série à la télé sur les sages-femmes ?

— Euh... Non. Pourquoi l'aurais-je fait ?

— C'est affreux. Même si à la fin, c'est très mignon, et si les mères oublient tout ce qu'elles ont enduré quand on leur met le bébé dans les bras.

— Comment se fait-il alors que la majorité des femmes continuent à avoir des enfants ? Et même plusieurs ?

— Rationnellement, elles devraient renoncer, mais l'espèce humaine continue à prospérer. En ce qui me concerne, ma peur est irrationnelle, peut-être liée à la naissance des jumelles. Et puis, je ne devrais pas dire ça, mais l'idée de nourrir un bébé au sein me déplaît, même si c'est meilleur pour lui.

Elle s'interrompit un instant pour prendre une grande inspiration.

— Il y a encore autre chose qui me tracasse. Maman m'a dit qu'elle avait souffert de nausées matinales parce qu'elle attendait des jumelles. Et si c'était mon cas ? Tu te rappelles comme leur naissance a bouleversé notre équilibre familial ?

Il comprit que sur ce sujet, mieux valait avancer sur la pointe des pieds.

— Si tu étais leur mère, ce serait différent.

— C'est tellement de travail ! Et moi, je n'aurai pas une fille de seize ans pour m'aider. Comment pourrai-je y arriver ?

Stefanos faillit dire qu'évidemment il engagerait une nounou, deux s'il le fallait, autant qu'elle voudrait, mais il se retint. Ce n'était pas encore le moment.

— Je comprends que tu aies peur, mais à Londres, il doit y avoir des tas de médecins et de sages-femmes très compétents.

— Bien sûr et je me fais sans doute trop de souci. Je ne suis arrêtée que depuis hier, mais j'ai passé ces deux jours seule à ressasser mes inquiétudes.

Soudain, une idée qui lui avait traversé l'esprit quand il l'avait aperçue, sur le seuil, si amaigrie et fragile, lui revint en tête.

— J'ai la réponse à certains de tes problèmes. Tu as besoin de prendre des vacances. Et qu'on s'occupe de toi. Je possède une villa sur une île grecque privée, Kosmimo.

— Kosmimo ? Là où se trouve cet hôtel de légende, le Pevezzo Athina ?

— Exactement. Il appartient à mon cousin Alex et à sa femme Dell.

— On dit que c'est un des plus beaux hôtels au monde. J'ai toujours rêvé de le visiter et...

— Tu aurais envie de revenir en Grèce ? Et de séjourner avec moi à Kosmimo ?

— Je ne sais que te répondre...

— Contente-toi de dire oui. C'est tout à fait ce dont tu as besoin. Le Pevezzo Athina est à la fois un établissement thermal et un hôtel de luxe. Excellente nourriture, relaxation... et une équipe médicale à disposition.

— J'irais avec toi ? Mais à quel titre ?

— Je pourrais dire que tu es ma fiancée, mais je n'en ai pas envie. J'ai connu trop de déceptions. Si tu es d'accord, nous dirons que tu es une ancienne petite amie, que nous avons renoué récemment et que... nous n'avons pas été aussi attentifs à la contraception que nous aurions dû.

— Inutile d'entrer dans les détails. En réalité, nous avons fait attention, mais aucun moyen de contraception n'est efficace à cent pour cent. Dieu sait ce qui a pu arriver ce matin-là !

Dans son souvenir, pourtant, tout s'était parfaitement bien passé. Une matinée érotique avec Claudia, dont il avait bien du mal à chasser le souvenir, même s'il n'était pas sûr de vouloir renouer avec son ancienne amante. Cette grossesse les rapprochait de façon totalement imprévue.

— D'accord. Mais attention, Dell est terriblement bavarde.

— Dans ce cas, mieux vaut dire la vérité, tout simplement. Où logerons-nous ? s'enquit Claudia.

— Je possède une villa sur cette île, que je loue quand je n'y réside pas. Elle est très à l'écart, avec sa propre piscine. Mais si tu préfères, tu pourras utiliser les équipements de l'hôtel. C'est très beau. Tu vas t'y plaire.

— Et pour les chambres ? demanda-t-elle sans réussir à croiser son regard.

— Deux suites séparées. Toi dans l'une et moi dans l'autre.

— Le billet d'avion ?

— Inutile de t'en soucier, pas plus que d'aucune autre dépense.

— Mais je ne peux pas...

— Claudia, tu vas me donner un enfant. Permets-moi au moins de prendre soin de toi.

Elle se tut un long moment, et il crut l'entendre débattre : son indépendance contre sa nécessité de trouver de l'aide.

— Merci, finit-elle par répondre. Tout ça me semble absolument merveilleux. Quand partirons-nous ?

— Dès que tu auras fait tes bagages.

10

Si Stefanos ne le lui avait pas proposé quand elle avait le moral au plus bas, jamais Claudia ne se serait laissé entraîner dans cet hôtel de luxe où elle ne connaissait personne. Mais il avait profité de sa vulnérabilité, tout en se montrant incroyablement prévenant plutôt que de se comporter en mâle grec dominant. Rien d'étonnant à ce qu'elle n'ait pas pu résister et à ce qu'elle ait trouvé évident de l'accompagner là-bas. Même s'il allait devoir s'expliquer sur la phrase qu'il avait prononcée : « Tu vas me donner un enfant. »

Parce qu'elle n'était pas prête à le lui « donner ». Seulement à le partager avec lui, pour le bien de l'enfant.

Elle commençait à redouter que, profitant de la différence de fortune qui existait entre eux, il n'essaye de s'emparer légalement du bébé. D'une certaine façon, elle regrettait de lui avoir dit qu'elle ne voulait pas se marier. Et de lui avoir révélé ses craintes concernant l'accouchement et l'organisation de sa vie future. Ces arguments pourraient se retourner contre elle s'il engageait une bataille juridique.

Ils allaient devoir discuter de leurs attentes respectives concernant ce bébé qu'ils avaient engendré de façon si inattendue – et si agréable – huit semaines plus tôt, à Bloomsbury. Mais elle saurait rester circonspecte et choisir son heure.

Pour le moment, munie du sac qui l'avait suivie au cours de toutes ses pérégrinations et où elle avait entassé ses vêtements d'été, elle se retrouvait en compagnie de Stefanos à bord d'un jet privé volant vers Athènes.

Jamais elle n'était montée dans un avion de ce genre, mais elle essayait de se comporter comme si c'était dans ses habitudes. Elle se serait crue dans un film – sièges en cuir, luxe, et un équipage aux petits soins. Heureusement, elle avait choisi une tenue simple – pantalon bordeaux, pull crème et veste légère.

Dommage qu'elle ne puisse rien avaler, car la nourriture qu'on lui avait proposée semblait délicieuse.

Elle dormit durant la plus grande partie du vol qui se déroula sans encombre. Puis, Stefanos lui en apprit un peu plus sur son cousin Alex, un Greco-Australien né à Sydney, et sa femme Dell.

Soudain, Claudia réalisa qu'elle connaissait Alex Mikhalis, une légende dans le milieu de l'hôtellerie de Sydney. Sa fiancée avait été tuée lors d'une prise d'otages qui avait eu lieu dans un de ses établissements. Brisé, il était retourné en Grèce, dans le village de son enfance, pour tenter de retrouver la paix. Puis il avait racheté à des Russes l'île de Kosmimo qui avait jadis appartenu à sa famille et y avait bâti un hôtel, avant d'y retrouver le bonheur avec Dell.

Une fois arrivés à Athènes, Claudia et Stefanos montèrent dans l'hélicoptère qui devait les emmener à Kosmimo, dans la mer Ionienne, à l'est de l'île de Lefkada. Elle n'avait jamais fait qu'un trajet en hélicoptère, lors de vacances en Nouvelle-Zélande, et tout lui semblait irréel, mais pour Stefanos, ces moyens de transport avaient l'air banals. Le voyage jusqu'à Kosmimo lui parut plus mouvementé, en raison des vibrations de l'appareil et de quelques turbulences, et elle dut lutter contre des nausées dues aux émanations de carburant.

Enfin, elle aperçut une petite île émeraude posée sur l'azur étincelant de la mer Ionienne. Un spectacle inoubliable. Lorsque l'appareil s'immobilisa au-dessus de l'hélisurface, elle distingua des terres cultivées, des villas de marbre et de nombreuses piscines et ne put s'empêcher d'éprouver une pointe d'excitation. Pevezzo Athina était un complexe hôtelier de luxe – pareil à ceux qui la faisaient rêver autrefois. Elle avait travaillé dans un six-étoiles à Bali, mais jamais elle ne se serait imaginée découvrant Pevezzo Athina dans de telles circonstances, non pas en tant qu'employée mais en tant que résidente.

— Regarde, à côté du 4x4 ! s'écria Stefanos. Mes cousins sont venus nous accueillir. Dell te plaira. Elle est australienne, gourmande, très chaleureuse et accueillante. Alex et elle ont deux enfants, un garçon et une fille.

— Je... Je suis certaine que je vais bien m'entendre avec eux, déclara Claudia entre ses dents car elle sentait monter la nausée.

Lorsque l'hélico amorça sa descente, son estomac se souleva, et au lieu d'atterrir le sourire aux lèvres, elle dut se faire aider pour sortir de l'appareil et se précipiter ensuite derrière le premier buisson venu.

— C'est trop... humiliant, balbutia-t-elle en rejoignant Stefanos. Comment vais-je pouvoir affronter ton cousin et sa femme ?

— Ce n'est pas humiliant mais tout naturel, puisque tu es enceinte.

— Non, je ne peux pas les rencontrer dans ces conditions.

— Je crains que tu n'aies pas le choix car ma villa n'est pas tout près d'ici. Mais ne t'en fais pas, personne ne t'en voudra. Je connais mon cousin et sa femme, ils feront tout pour te mettre à l'aise. Ils sont vraiment gentils, dit-il avant de lui tendre une bouteille d'eau.

— Tu te sens mieux ?

— Un peu. Merci.

L'air sentait l'herbe fraîche et le sel marin. Claudia respira à pleins poumons pour tenter de recouvrer son calme. Mais elle fut soulagée que Stefanos la prenne par le bras pour la guider vers la voiture.

Alex les accueillit d'une façon charmante :

— *Kalosoriso.* Bienvenue.

Son sourire ressemblait un peu à celui de Stefanos et il plut immédiatement à Claudia. Dell se précipita vers elle. Un visage agréable, des cheveux auburn, des yeux vert foncé au regard chaleureux.

— Ma pauvre, tu dois te sentir horriblement mal ! Moi qui ai souffert de nausées durant mes deux grossesses, je sais ce que c'est. Mais rassure-toi, ça ne dure pas. Un jour, je me suis réveillée en pleine forme - on dit que c'est lié au taux d'œstrogène. Tu verras.

— J'espère bien, répondit Claudia avec un faible sourire.

— Quand tu tiendras ton bébé dans tes bras, tu n'y penseras plus.

— J'attends ce moment avec impatience.

Chaque fois qu'elle l'imaginait, un flot d'amour farouche et possessif lui emplissait le cœur.

Pendant que Stefanos et Alex rangeaient les bagages dans la voiture, Dell prit Claudia par le bras.

— Stefanos a bien fait de t'amener ici. C'est l'endroit idéal pour se détendre et entamer une nouvelle vie. J'ai moi-même concocté un menu adapté à ton état.

— C'est très aimable, balbutia Claudia, qui sentait les larmes lui monter aux yeux devant tant de prévenance.

Décidément la grossesse provoquait en elle une succession d'émotions en dents de scie.

— Nous ferions mieux de gagner directement ma villa, dit Stefanos en les rejoignant.

Claudia fut soulagée. Elle était si épuisée qu'elle ne se sentait pas gênée qu'il décide pour elle. Elle y trouvait même un certain confort.

— Désolée, dit-elle, je sais que la grossesse n'est pas une maladie, mais après ce vol, je ne me sens pas très en forme.

— C'est tout à fait normal, s'écria Dell. Dès que Stefanos a appelé, je t'ai fait préparer ta suite et j'y ai fait déposer une sélection de biscuits, de fruits et du thé au gingembre qui fait merveille contre les nausées. Ce soir, vous pourrez dîner chez nous en notre compagnie si le cœur vous en dit, ou passer commande au service de chambre de l'hôtel.

Claudia se sentit soulagée par tant de compréhension. En leur faisant préparer des suites séparées, Dell montrait qu'elle avait compris que la relation entre Claudia et le cousin de son mari était compliquée. Elle était également reconnaissante envers Stefanos de leur avoir dit la vérité car elle aurait eu du mal à jouer la comédie.

L'hôtel se trouvait tout près de l'héliport. Dell fit asseoir Claudia à côté du conducteur et ouvrit la vitre pour laisser l'air lui rafraîchir le visage. En traversant le domaine, Alex et elle expliquèrent qu'ils avaient conçu Pevezzo Athina de manière qu'il soit autosuffisant, dans la mesure du possible. Ils produisaient la majorité des fruits et légumes consommés à l'hôtel, cultivaient des oliviers pour faire de l'huile, fabriquaient eux-mêmes leurs fromages et avaient reconstitué des réserves de poissons dans les eaux environnantes. Ils utilisaient une énergie renouvelable.

— J'aimerais en savoir davantage. Ça m'intéresse énormément, déclara Claudia.

— Stefanos nous a dit que tu avais de l'expérience dans l'hôtellerie ?

— C'est vrai, mais cette époque est derrière moi.

Pour la première fois, elle éprouvait de la tristesse à la pensée d'avoir abandonné cette carrière, et elle se demanda ce qu'il leur avait raconté d'autre à son sujet.

La villa de Stefanos était un pavillon de marbre blanc construit autour d'une piscine et d'une aire de jeux bordées d'une pergola couverte de vigne d'un vert éclatant qui contrastait avec le bougainvillier rose vif grimpant le long de la façade.

— Stefanos, c'est merveilleux ! s'exclama Claudia quand Dell et Alex les eurent laissés seuls au bord de la piscine.

— Tu devrais t'allonger à l'ombre pour te détendre.

— Tu sais, je ne suis pas malade. C'est juste un tour que me jouent mes hormones.

— Je comprends, mais ne me dis pas que tu n'as pas besoin de te reposer !

— Bien sûr que si, tu as raison. Et je te remercie de m'avoir emmenée dans ce petit paradis.

Même si elle ne savait pas trop à quoi elle allait s'occuper. Mieux valait rester sur ses gardes.

— Ma mère répétait souvent à mon père qu'en vacances il faut éviter tout stress et se détendre jusqu'à la limite de l'ennui.

— Il ne devait pas tenir très longtemps sans rien faire, répondit-elle en riant.

— Tu n'as pas tort. Mon père détestait la position assise. C'était un hyperactif, et on en avait vite assez de faire de la voile, ou de la rando ou du ski à son rythme. D'ailleurs, le plus souvent, maman ne participait pas à nos activités. Si nous entrions ?

Les deux suites principales étaient situées de part et d'autre de la cour. Entre elles se trouvaient une cuisine, un immense salon, une salle à manger et deux chambres avec salles de bains attenantes. Pour les invités ou pour ses propres employés, au cas où il voudrait les emmener, lui expliqua Stefanos.

« Ses propres employés » ! De nouveau, elle éprouva la certitude qu'ils vivaient dans deux mondes différents.

— Je vais te montrer ta chambre, lui dit-il. Tu as les yeux cernés.

— Arrête ! Merci pour ta sollicitude, mais tu m'as déjà dit aujourd'hui que j'avais très mauvaise mine. C'est un peu dur pour mon ego.

— Même épuisée et nauséeuse, tu restes très belle, tu sais.

— C'est mieux.

Même s'il n'en pensait pas un mot, c'était plus agréable et elle eut envie de le serrer contre son cœur pour le remercier de sa gentillesse. Elle ne se serait pas attendue à ce qu'il cherche à se montrer aimable, puisque, après tout, ils n'étaient plus rien l'un pour l'autre.

Mais dix ans plus tôt, durant les quelques mois qu'ils avaient passés ensemble, il n'avait pas été que son amant, mais aussi son meilleur ami et bien plus encore. Jamais elle ne se serait imaginé éprouver de tels sentiments pour un homme. Pas plus qu'elle ne s'était autorisée à se demander ce qui se serait passé sans cette suspicion de grossesse et les problèmes qu'elle avait suscités. Trop douloureux. Et puis, lorsqu'il l'avait ghostée, elle s'était dit qu'à l'avenir elle connaîtrait d'autres hommes comme lui – et même mieux, peut-être ? Elle s'était bien trompée...

— C'est un véritable palais ! s'exclama-t-elle.

La villa était de plain-pied, toute blanche, y compris les murs et le mobilier. De larges baies ouvraient sur la mer où on apercevait des voiles blanches et, de l'autre côté, au-delà de l'hôtel, sur de vertes collines.

— C'est beau et tellement paisible !

— Dans le dialecte local, *pevezzo* signifie port tranquille.

— Et *Athina* pour la déesse Athéna ?

— Ou pour Athènes. Mais c'est aussi en l'honneur de la Taverna Athina, sur une île toute proche, qui appartient à la famille d'Alex, et aussi du restaurant Athina de son grand-père, à Sydney.

— Je comprends.

Stefanos guida ensuite Claudia vers sa suite, une chambre spacieuse, un salon, une salle de bains et une petite cuisine. Le lit très vaste, tout blanc avec quelques touches de bleu, avait l'air délicieusement confortable.

— Si je ne peux pas me reposer et me détendre ici, je ne sais pas où j'y parviendrai.

Les images de ce que Stefanos et elle avaient fait la dernière fois qu'ils s'étaient retrouvés dans un lit lui revinrent soudain. Heureusement, Stefanos lui tournait le dos et ne la vit pas rougir.

— Ma suite est symétrique à la tienne, dit-il. Je te la ferai visiter plus tard.

Elle éprouva un immense soulagement.

— Merci de m'avoir invitée ici. C'est absolument parfait.

— Je le pense aussi, répondit-il, l'air ravi.

— Mais comment… comment allons-nous nous organiser ? Je veux dire, tu ne vas sûrement pas rester tout le temps ici, avec moi. Sans doute devras-tu rentrer à Athènes ?

— J'ai décidé de prendre des vacances, moi aussi. C'est ma saison préférée.

C'est en juin qu'ils s'étaient rencontrés, à Santorin.

— Oui, c'est la meilleure période de l'année, dit-elle sans réussir à dissimuler une pointe de regret.

Mais cette année, la situation était bien plus compliquée.

— Quant à savoir combien de temps je passerai avec toi, à toi d'en décider. Si tu préfères, je peux me tenir à l'écart.

— Mais non !

Pourtant, elle devait rester sur ses gardes. Il y avait un bébé en jeu, son bébé à elle. Et Stefanos était du genre tout ou rien.

— Nous verrons bien comment cela se passera.

— Demain, je pourrais te faire visiter les environs. Il y a quelque chose de particulier que j'aimerais te montrer.

— Quelle... quelle bonne idée !

— Mais pour l'instant, il faut absolument que tu te nourrisses. Dell t'a préparé à manger dans la cuisine.

— Je vais d'abord me doucher et me changer.

— Je t'attends dans le salon.

Bien décidée à le rejoindre ensuite, après une douche aux jets massants, Claudia enfila le pyjama de coton blanc au logo du Pevezzo Athina et s'allongea sur le lit. Elle ferma les yeux, pour quelques instants...

Quand elle se réveilla, tout était sombre et elle était seule dans sa belle chambre. Un drap avait été remonté sur elle et elle gardait le très vague souvenir d'une voix mâle et profonde et d'une main écartant de son front sa chevelure humide.

Sans doute avait-elle rêvé. « Bonne nuit, *koukla mou.* » C'était ainsi qu'il l'appelait, autrefois - un mot gentil qui signifiait « ma poupée » en grec et dont il ne s'était plus jamais servi après qu'elle eut refusé sa demande en mariage. Mais aujourd'hui, il n'avait plus aucune raison de le faire. Pas de doute, c'était un rêve.

Elle se leva et partit en quête de quelques biscuits.

11

Le lendemain, un bruit de plongeon venant de la piscine et un rayon de soleil qui filtrait à travers les volets réveillèrent Claudia, qui reprit immédiatement ses esprits. Elle avait terriblement envie d'explorer le Pevezzo Athina, cet hôtel de rêve.

Une nausée familière la coupa dans son élan, mais elle s'assit dans son lit pour grignoter un des biscuits offerts par Dell, qu'elle avait déposés sur sa table de nuit avant de s'endormir. Ils étaient délicieux, pleins de graines et de noix. Ces crackers grecs bio seraient-ils plus efficaces que ceux qu'elle achetait au supermarché ? Elle était prête à le croire.

En bien meilleure forme que la veille, lors de son arrivée, elle enfila une robe blanche incrustée de broderies, toute simple, qu'elle avait achetée à Bali et des nu-pieds de cuir avant de se diriger vers la piscine.

Elle y trouva Stefanos, en train de nager, et resta sous la pergola à le regarder tandis qu'il faisait des longueurs. Son corps puissant fendait l'eau régulièrement, comme une flèche. Des tas de souvenirs lui revinrent alors en mémoire, et elle en eut le cœur serré. Elle se rappelait comme ils nageaient ensemble, après avoir plongé en riant du pont du bateau dans la mer couleur aigue-marine, tout autour de Santorin. Lorsqu'elle l'avait rencontré, elle craignait l'eau car elle avait peu apprécié les leçons de natation de la piscine municipale, même si elle aimait sauter dans les vagues sur les plages du Devon. Mais son Stefanos de vingt ans avait si bien su l'encourager qu'elle avait vite adoré plonger avec lui, même en pleine mer.

Depuis, elle avait nagé dans la Grande Barrière de corail, en Australie, au milieu des tortues vertes et des bébés requins, à Bali, parmi les coraux magnifiques et les poissons étincelants et dans la baie des Îles, en Nouvelle-Zélande… Il sortit la tête de l'eau et des gouttelettes ruisselèrent au soleil sur sa peau hâlée. En souriant, il lui fit signe et il était si beau qu'elle en eut le souffle coupé. Jamais aucun autre homme ne lui avait fait cet effet. Être en vacances avec lui était très déstabilisant, et ses pensées empruntaient des chemins qu'elle s'était longtemps interdits.

Comment leur attirance pouvait-elle être aussi irrésistible alors que leur idylle avait été si fugace ? Et aujourd'hui, quels étaient ses sentiments à l'égard de Stefanos, le père de son enfant ? Elle ressentait forcément quelque chose. Du désir ? Sûrement. Un reste d'amitié ? Qui sait ? De l'affection ? Le connaissait-elle assez pour s'autoriser à la sentir grandir en elle ? Il la surprenait sans cesse, et en bien. Elle ne s'attendait pas à tant de gentillesse, mais elle n'en était pas étonnée. Jadis aussi, il s'était révélé bien plus prévenant que la moyenne des garçons de vingt ans : quand elle avait annoncé à son petit ami étudiant qu'elle allait partir en Grèce pour les vacances, il lui avait sèchement répondu qu'il ne l'attendrait pas, un comportement parfaitement représentatif.

Pourtant elle avait identifié chez le Stefanos d'aujourd'hui une pointe de rancœur. Irait-il jusqu'à tenter de lui prendre son bébé ? Un frisson la parcourut.

— Tu viens ? cria-t-il.

— Non, pas maintenant.

En quelques brasses, il parvint au bord et la regarda.

— Tu préférerais nager dans la mer ?

— C'est tentant.

— Tu veux qu'on sorte en bateau avant qu'il fasse trop chaud ?

— Oui, j'aimerais bien. Merci.

Sans effort, il se hissa hors de l'eau. Ses muscles roulèrent sous sa peau et, une fois de plus, elle se sentit démunie face au désir qu'il lui inspirait. Un désir qu'elle devait absolument contrôler. Ses relations avec d'autres femmes l'avaient fait souffrir. Un homme blessé pouvait se révéler dangereux et vouloir faire du mal à son tour. Elle n'avait plus la naïveté de croire que tout pourrait s'arranger simplement parce qu'elle le voulait.

Il était si sexy qu'elle devait produire un effort surhumain pour ne pas dévorer des yeux son corps de statue puissant et viril, alors même qu'il semblait parfaitement inconscient de l'effet qu'il provoquait sur elle. Heureusement, il s'enveloppa dans une serviette, et le cœur de Claudia reprit son rythme normal.

— Dell nous a fait porter un repas, pensant qu'il pourrait te plaire. Elle prétend que durant sa grossesse, elle pouvait garder du pain et du fromage, malgré les nausées. Elle suggère aussi de fines tranches de pêches et de pastèque.

— C'est très aimable à elle, mais pourquoi se montre-t-elle si gentille avec moi ?

Il fallait qu'elle reste sur ses gardes. Stefanos avait-il une raison cachée de l'avoir emmenée ici ? Cherchait-il à la manipuler ? Avec la complicité de Dell et Alex ?

— D'abord, je crois qu'elle s'est prise d'affection pour toi.

— Et ensuite ?

— Alex et elle sont du genre « marieurs » à tout prix.

— Tu leur as pourtant dit clairement que tu n'avais pas l'intention de te remarier ?

— Des tas de fois. Mais ils ont tellement envie de me voir heureux... Sans doute n'imaginent-ils pas à quel point on peut être malheureux quand on est marié. Ou bien, ils l'ont oublié, car Dell a déjà été mariée précédemment.

Le visage de Stefanos s'était assombri.

— Ils savent que nous nous connaissons à peine, n'est-ce pas ?

Qu'avait-il bien pu leur raconter à ce sujet ?

— Oui, mais tu leur plais, contrairement à mes ex-épouses.

— Quand te décideras-tu à me parler d'elles ? Pourquoi leur gardes-tu une telle rancœur ?

— Je t'ai déjà dit que je n'avais pas l'intention d'en discuter avec toi.

— Allez, c'est déloyal de me laisser dans le brouillard alors que tous les autres sont au courant. Imagine que je déjeune avec Dell et qu'elle s'aperçoive que j'ignore tout à ce sujet !

Il ne put s'empêcher d'esquisser un sourire.

— Décidément, tu n'as pas changé. Si je ne lâche rien, tu vas me mener la vie dure jusqu'à ce que je cède, pas vrai ?

— Peut-être...

Elle voulait en apprendre davantage sur cet homme qui était le père de son enfant. Pour pouvoir lui faire confiance. Pour le moment, ce n'était pas vraiment le cas, en dépit ou peut-être à cause de ce fabuleux voyage.

— Peut-être pourrions-nous en parler sur le bateau ?

— Pourquoi pas ?

Plus important encore, il leur faudrait bien parler de la façon dont ils allaient « partager » l'enfant pour que ça fonctionne au mieux.

— Je vais y penser, répondit-il en levant la tête pour observer le ciel sans nuages. La météo actuelle est parfaite, mais cet après-midi, il doit y avoir de l'orage. Je sais que tu as hâte de visiter l'hôtel, mais faisons d'abord cette petite sortie en mer, et nous reviendrons ensuite y déjeuner. À moins que tu n'aies déjà trop mangé de biscuits.

— Ce n'est pas bien de se moquer d'une malheureuse femme enceinte !

— L'hôtel est construit sur une hauteur et la pente est un peu raide. Te sens-tu capable de marcher ou dois-je commander un buggy ?

— Je grimperai. Mais ne me dis pas qu'ils ont des ânes ici pour transporter les touristes, comme autrefois à Santorin !

— Mais non. Personne ne l'accepterait.

— Très bien. Je me prépare et j'arrive.

Ils regagnèrent leurs suites respectives. Claudia enfila une chemise et un pantalon blancs légers et des chaussures de bateau, puis prit le chapeau qu'elle gardait dans son sac. Comme tous les roux, elle devait toujours se protéger du soleil quand elle sortait. Elle grignota une tranche de pain avec du fromage et empaqueta le reste pour l'emporter.

La veille, Stefanos avait dit à Claudia qu'il allait lui montrer quelque chose, mais il ne s'attendait pas à la voir fondre en larmes en reconnaissant le *Daphne* amarré au quai, sa ligne gracieuse et ses voiles blanches.

— Tu l'as donc gardé, ton beau yacht !

— C'était un cadeau de mes grands-parents. Il porte le nom de ma grand-mère. Jamais je ne l'aurais vendu !

Même si cette œuvre d'un célèbre designer – un modèle vintage très rare – valait aujourd'hui des millions.

Claudia sécha ses larmes d'un revers de main.

— Excuse-moi. L'émotion...

— Problème hormonal ?

— Pas seulement. C'est comme... ouvrir une porte sur le passé. Jamais je n'aurais pensé revoir le *Daphne*. Ni toi, d'ailleurs. Cela ravive tant de souvenirs...

— Pas de mauvais souvenirs, j'espère ?

— Non, au contraire, les meilleurs de ma vie. Sauf, bien sûr, à la fin du séjour...

— Ceux-là, nous allons les oublier.

Il s'était montré si impulsif, si stupide, si intraitable. Et elle, elle lui avait caché des informations qui l'auraient peut-être fait changer d'avis. Peut-être les choses auraient-elles pu tourner autrement ? Ou peut-être leur passion se serait-elle éteinte petit à petit avec le temps, la distance, la présence des autres... Mais à en croire la façon dont elle s'était ranimée instantanément à Londres, il devait faire très attention, songea-t-il.

Elle le regarda, les yeux encore humides de larmes.

— Je ne sais pas si je pourrai supporter de monter sur ce bateau.

— Ne te force pas si tu n'en as pas envie.

Il était un peu déçu par sa réaction. Jadis, elle avait adoré le *Daphne*.

— Je ne sais pas... Pourquoi ? Pourquoi nous retrouvons-nous tous les deux comme ça ? Comment est-ce arrivé ?

— Le destin, peut-être ?

— Le destin ? Tu veux dire que nous n'y sommes pour rien ?

— Les anciens Grecs pensaient que le destin gouverne notre vie. Ils avaient trois déesses du destin. Trois sœurs, Clotho qui filait la vie de chacun, Lachesis qui mesurait la longueur du fil, et Atropos qui le coupait au moment de la mort.

— Tu crois sincèrement que le destin gouverne notre vie ?

— Je ne peux pas m'en empêcher. Pourquoi parmi tant

de gens qui vivent à Londres, suis-je tombé précisément sur toi ?

— Une coïncidence ?

— Pourquoi t'es-tu retrouvée enceinte alors que nous nous sommes protégés ? Tout est possible. Mais je préfère penser que tu étais destinée à porter mon enfant.

Il n'avait pas cessé d'y penser durant les huit semaines où il ne l'avait plus vue, après cette journée à Bloomsbury. Il se disait que ce serait sympa de la retrouver quand il venait à Londres, sans engagement. Rien de sérieux, mais il la respectait trop pour lui proposer un arrangement de ce genre. Mieux valait tout laisser tomber. Il ne voulait pas se marier et elle non plus. Mais peut-être cela aurait-il pu marcher...

Et puis, elle l'avait appelé pour lui annoncer qu'elle était enceinte, et tout avait changé.

— Faut-il forcément qu'il y ait une raison ? Peut-être est-ce une simple coïncidence ?

— Ou un coup de chance ? La chance que tu aies resurgi dans ma vie de façon aussi inattendue. Que tu te retrouves enceinte de mon enfant alors que j'avais abandonné tout désir d'être père.

— La chance que je me retrouve mère sans l'avoir voulu ? Et que j'en sois absolument ravie ?

Elle s'arrêta net et il put lire l'émotion sur son visage.

— Stefanos, dit-elle en le regardant droit dans les yeux, j'ai peur que tu ne cherches à me prendre mon bébé. Ce n'est quand même pas ce que tu cherches à faire ?

12

Il la contempla un long moment sans rien dire, visiblement stupéfait. Avait-elle dit ce qu'il ne fallait pas ? L'avait-elle blessé au plus profond ? Mais il fallait qu'elle le lui dise.

— Qu'est-ce que ça signifie ? Tu t'imagines que je veux te prendre ton bébé ?

— J'espère que non, balbutia-t-elle. Mais c'est une possibilité. Tu es si riche... et moi, pas du tout. J'ai déjà entendu citer le cas d'hommes qui usent de leur pouvoir pour obtenir la garde exclusive. Ou bien, ils ne ramènent pas l'enfant après une visite, et le font passer dans un autre pays où les mères n'ont aucun droit.

— C'est sans doute vrai, mais quelle horreur ! Jamais, jamais je ne ferais une chose pareille !

— J'aimerais te faire confiance, mais...

Il la prit par les épaules et la fixa droit dans les yeux.

— Claudia, crois-moi, je t'en prie. Jamais je ne te prendrai ton bébé. Un enfant a besoin de sa mère.

— Je suis heureuse de te l'entendre dire.

Il paraissait sincère, mais comment savoir ? Il l'avait froidement ghostée, et elle en avait cruellement souffert.

— Mais un enfant a également besoin d'un père, reprit-il. Je veux jouer ce rôle auprès de lui. Moi, j'ai eu la chance d'avoir mes deux parents, et toi aussi. Je voudrais qu'il en soit de même pour notre enfant. Droit de visite. Garde partagée. Soutien financier. Nous allons trouver un engagement qui nous satisfasse tous les deux, au mieux de son intérêt. Nous n'en sommes qu'au début, ça fait deux jours seulement que j'ai appris ta grossesse. Toi, tu as déjà eu le temps de te faire à cette réalité.

Il la lâcha et fit un pas en arrière. Aussitôt elle regretta sa tiédeur, son contact. Même le plus anodin la faisait frémir. Mais, en se confrontant à lui, avait-elle ruiné la confiance qu'elle avait sentie s'établir entre eux ?

— Ce que tu m'as dit me rassure beaucoup.

En définitive, elle était heureuse de lui avoir fait part de ses craintes concernant ses intentions. Un doute subsistait pourtant.

— Tu peux absolument me faire confiance.

— Stefanos, je veux te croire... Je te crois.

— Tu t'es réellement imaginé que j'aurais pu m'emparer de notre enfant et l'emmener à l'étranger ? Te le voler ? s'écria-t-il en hochant la tête. Nous sommes sur le *Daphne*, je repense aux deux personnes que nous avons été jadis et je me demande comment nous avons pu autant changer !

— Le problème, c'est que nous ne nous connaissons plus vraiment. Nous avons passé un merveilleux été ensemble quand j'étais plus jeune, mais cela ne fait que quelques jours que nous avons refait connaissance.

— Tu as raison. Dans sept mois, nous allons être parents. Indépendants l'un de l'autre mais unis dans le désir de nous occuper de notre enfant. Nous devons faire de notre mieux pour ce bébé, même s'il a été un...

— Je t'en prie, dit-elle en l'interrompant d'un geste, ne dis pas qu'il a été un accident.

— Je voulais simplement dire qu'il n'avait pas été prévu.

— Ah, bon. Excuse-moi. Mes sœurs jumelles n'ont

jamais été considérées comme des accidents, et en réalité, leur présence a apporté de la joie dans notre vie.

— Il faut aussi que nous fassions tout l'un pour l'autre afin d'être les meilleurs parents possible. Nous allons pénétrer en territoire inconnu.

Elle lui avait toujours trouvé un petit côté adulte, mais maintenant, à trente ans, il était devenu très raisonnable. Pourtant, elle trouvait triste que deux personnes qui avaient conçu un enfant sans l'avoir prévu soient amenées à conclure une sorte de marché pour l'élever et définir le rôle de chacun dans son éducation. Même si, globalement, elle était heureuse que Stefanos tienne à participer, au-delà même de ses espérances. Beaucoup d'hommes auraient décliné toute responsabilité, elle le savait, toute participation à la charge d'un bébé conçu lors d'une étreinte sans lendemain.

— Peut-être devrions-nous essayer d'apprendre d'abord à mieux nous connaître, tels que nous sommes aujourd'hui, pas tels que nous étions à ce moment-là, dit-elle en désignant le *Daphne*, symbole de leur passé insouciant.

— Tu as raison. Nous avons dix jours pour y parvenir. D'accord, ajouta-t-il en lui tendant la main.

— D'accord, répéta-t-elle en la serrant.

Durant un long moment, ils restèrent face à face, le sourire aux lèvres. Jamais elle n'aurait espéré que cette discussion se termine aussi bien.

— Te rappelles-tu comment on largue les amarres pour prendre la mer ?

— Rappelle-le-moi, je suis certaine que ça va me revenir.

Stefanos vint s'amarrer juste en face de l'hôtel tout blanc, construit sur une hauteur, dont l'architecture splendide fit l'admiration de Claudia. L'un des édifices qui le composaient, situé un peu à l'écart, était la maison familiale de Dell et Alex. Un peu plus loin, il montra à Claudia une petite église blanche très isolée.

— De l'hôtel, la vue doit être splendide, dit-elle. Rien d'étonnant à ce qu'il soit très vite devenu si renommé.

— Chaque chambre est particulière et le Pevezzo Athina est merveilleux en toute saison. Une année, une famille y a organisé une fête en hiver et tous les invités ont été bloqués par la neige pendant plusieurs jours tandis que l'île elle-même était isolée par la tempête. Mais tout le monde a adoré.

Elle l'aida à hisser les voiles pour faire le tour de l'île. En le voyant tenir la barre en short et en T-shirt, elle avait l'impression de revenir dix ans en arrière. Sauf qu'il n'était plus le même. Elle non plus. Et le paysage n'avait rien à voir avec les volcans escarpés de Santorin ni avec les petites îles calcaires de la région.

La plus grande partie de Kosmimo était couverte de forêts. Des vagues couleur aigue-marine et bleu profond venaient lécher les plages de sable blanc surplombées par des falaises de craie. La plage la plus grande appartenait à l'hôtel, mais il y en avait une multitude d'autres tout autour de l'île, accessibles seulement par la mer.

— Lorsque Alex a acheté l'île, la construction de l'hôtel avait été interrompue. Il l'a terminée, et a ajouté d'autres bâtiments avec l'aide d'architectes venus d'Athènes.

— Quel projet ! et quel succès ! J'ai hâte d'en savoir davantage.

— Tu envisages de revenir à l'hôtellerie ?

— On ne sait jamais.

Pourtant, son expérience à Sydney lui avait fait peur. Pas seulement à cause de la duplicité d'un homme qui l'avait trompée et rendue méfiante envers tous les autres. Elle avait alors réalisé qu'elle poursuivait un rêve, né du souvenir qu'elle gardait de la vie de ses parents dans leur pub du Devon, et qui n'avait rien à voir avec la gestion des chaînes d'hôtels internationales. Mais elle ne regrettait rien et elle avait adoré ce travail qui lui avait permis de beaucoup voyager.

— Quand as-tu acheté ta villa ? demanda-t-elle.

— Quand mon père est mort et que j'ai hérité. Alex cherchait des investisseurs, et il en a d'abord parlé à notre famille. Il a quelques années de plus que moi et c'est le fils d'une sœur de mon père.

— Vous vous ressemblez un peu.

Même si, à ses yeux, Stefanos était beaucoup plus séduisant.

Une fois de plus, elle se demanda comment serait son bébé. Stefanos devait avoir une idée sur le choix du prénom, mais peut-être était-ce encore trop tôt pour en discuter ?

En se rappelant ce qu'ils avaient jadis été l'un pour l'autre et tout ce qu'ils avaient perdu, elle sentit son cœur se serrer douloureusement. Comment expliquerait-elle à leur enfant qu'il ou elle avait un père et une mère, mais que papa vivait dans un autre pays que maman et qu'ils ne s'aimaient plus d'amour ?

— Alex et moi sommes devenus amis à l'âge adulte, pas quand nous étions enfants.

— Tu étais fils unique et tu n'étais pas proche de tes cousins ?

— Alex était plus âgé que moi et vivait en Australie. Mais j'avais d'autres cousins de mon âge et des amis de la famille sur place, alors je ne manquais pas de compagnie.

Elle se demanda pourquoi sa bouche s'était crispée quand il avait prononcé « des amis de la famille » et se risqua à lui poser une question qui la taraudait depuis qu'ils s'étaient revus, dans son appartement de Bloomsbury.

— Pourquoi as-tu vendu la compagnie maritime ? Même après tant d'années, je me souviens de t'avoir entendu dire que c'était ton destin.

— C'est vrai et, d'une certaine façon, en vendant cette affaire qui leur tenait tant à cœur, j'ai eu l'impression de trahir mon père et ma grand-mère. Mais elle n'était pas vraiment à moi et ne l'avait jamais été.

— Pourquoi... ?

— En fait, je n'ai pas toujours été enfant unique. J'avais un frère, mon aîné de deux ans, qui est mort à cinq ans d'un cancer. Je me souviens de lui... Maman disait que j'étais son petit fantôme.

— Oh ! Stefanos, je suis désolée ! Quelle tragédie !

— Je rêve parfois qu'il est devenu adulte. Et quand je me réveille, j'éprouve de nouveau un sentiment de perte.

— Je suis désolée, répéta-t-elle, incapable de trouver d'autres mots.

— Non seulement j'avais perdu mon frère, mais il a fallu que je comble le vide qu'il avait laissé dans la famille. Il était destiné aux affaires, et moi à faire les études qui m'intéresseraient. J'ai toujours été passionné par l'histoire antique de mon pays.

— Vivant à Athènes, c'était naturel.

— Tout le monde ne partageait pas cette passion et je n'ai pas pu refuser d'endosser le rôle d'héritier d'Adrastos Shipping. Il n'y avait pas d'autre enfant pour s'en charger et ma mère a fait plusieurs fausses couches.

Claudia posa la main sur son ventre. À neuf semaines de grossesse, elle était encore dans la période critique.

— Tu comprends mieux pourquoi je prends tellement soin de toi.

— Oui, et je l'apprécie davantage encore maintenant que je suis au courant.

Déjà, dans ce cadre splendide, elle sentait se dissiper son stress. Bizarrement, elle n'avait pas le mal de mer, dont elle n'avait d'ailleurs jamais souffert même par tempête.

— Sans que ce soit formulé, reprit Stefanos, j'avais le sentiment que je devais faire oublier à mes parents la mort de mon frère.

— Et c'était lourd à porter ?

— Parfois.

Ce simple mot était chargé d'émotion, elle le comprit.

— Tu leur as dit que les affaires ne t'intéressaient pas ?

— J'avais trop le sens du devoir pour me rebeller. L'enjeu était très important. J'ai commencé à travailler avec mon père quand j'avais douze ans, durant les vacances scolaires. Ça m'a plu parce que j'avais l'impression de participer. Je me sentais adulte, important, même si je ne faisais qu'un petit travail de bureau. On me disait que pour la compagnie chaque tâche était vitale. Je n'étais pas conscient de la richesse générée par Adrastos Shipping, mais je savais qu'elle portait mon nom et qu'un jour, elle m'appartiendrait.

— Ton père était habile.

— J'ai été endoctriné dès le plus jeune âge. L'été où je t'ai rencontrée, je m'étais rebellé. J'en avais assez de travailler pendant les vacances, alors je suis parti à Santorin sur le *Daphne* pour faire la fête avec mes amis.

— C'est ce que tu as fait. Et avec moi aussi. Nous avons pris du bon temps ! J'avais une autre raison pour choisir Santorin. Je voulais visiter les fouilles archéologiques d'Akrotiri, une ville du XVIe siècle av. J.-C. incroyablement bien conservée par la cendre volcanique. On peut y observer comment vivait la civilisation minoenne avant que le volcan détruise le centre de l'île. Ils avaient inventé des systèmes de drainage, se servaient de pots en terre pour conserver l'huile et le vin, exactement comme nous, et ils peignaient de magnifiques fresques… Je suis fasciné par cette civilisation si avancée à une époque où presque tout le reste du monde vivait encore à l'âge de pierre.

— Quand as-tu visité Akrotiri ?

À aucun moment auparavant, il ne l'avait mentionné devant elle.

— Avant notre rencontre dans le bar. Et aussi pendant que tu travaillais.

— Tu ne m'as jamais parlé de cette passion pour l'archéologie. Ni de ton travail à la compagnie maritime. Ni de ta rébellion.

— L'archéologie était ma passion secrète, je n'en parlais pas. Quant à Adrastos Shipping, je ne tenais pas à identifier ma vie à ce travail.

— On dirait bien que cet été-là, nous portions tous les deux un masque.

13

Stefanos ne se lassait pas de contempler Claudia. Son maillot de natation discret dans un dégradé de bleus mettait en valeur son teint, ses cheveux brillants et ses longues jambes minces.

Son corps avait changé. Même si son ventre restait plat, sa poitrine s'était épanouie. Tout en discutant garde et soutien financier, Stefanos percevait la réalité crue. Le miracle. Leur bébé se développait dans le ventre de Claudia et il deviendrait un enfant, un adolescent, un adulte – un Adrastos –, un membre de sa famille ! Il ne voulait rien manquer de ces étapes. Soudain, il fut saisi d'une pulsion de possessivité primitive. Non seulement à l'égard du bébé, mais aussi envers elle.

— Oui, mes seins ont grossi, dit-elle avec un clin d'œil.

— Tu n'étais pas censée remarquer que je les regardais, répondit-il, vexé d'avoir été démasqué.

— Je suis moi-même très impressionnée. Ils n'ont jamais été du genre abondant.

Sa poitrine était parfaite. En elle, tout était parfait. Mais pouvait-il vraiment se fier à son propre jugement ? Et si, de nouveau, il faisait erreur ?

— Tu viens ? demanda-t-elle en ajustant ses lunettes de natation.

Il avait jeté l'ancre tout près d'une petite plage de carte postale – une anse de sable blanc dominée par une falaise calcaire.

— J'arrive.

Elle voulut plonger du bord du bateau comme il l'avait si souvent vue faire par le passé, mais il se précipita pour la retenir par le bras.

— Attends ! Tu es certaine que dans ton état tu peux plonger de si haut ?

— Tu as raison. Je ferais sans doute mieux de m'abstenir, répondit-elle en ôtant ses lunettes. Je suis vraiment stupide de ne pas y avoir pensé.

Des larmes perlèrent à ses yeux. Encore un tour que lui jouaient ses hormones, mais il n'osa rien dire.

— Pas du tout ! D'ailleurs, je t'ai arrêtée à temps, alors, inutile de t'en faire.

— Je veux faire tout bien pour le bébé.

— Mais tu fais tout bien !

— Tu es gentil, mais je sais que tu cherches seulement à me rassurer, balbutia-t-elle, d'une voix étouffée, le visage enfoui au creux de son épaule.

— Et ça marche ?

— Oui, reconnut-elle en ravalant un sanglot. Je me sens mieux. Pas seulement en ce moment, mais depuis que tu m'as forcée à faire mes bagages, à Londres, et à monter dans un hélicoptère. Parce que tu t'occupes de moi et que je ne me sens plus si seule. Merci.

Stefanos resserra son étreinte. Entre eux la seule barrière était le fin tissu de son maillot. De son côté, torse nu, il était vêtu d'un simple short de bain. L'eau clapotait contre la coque et des mouettes à tête noire tournaient au-dessus d'eux. Un poisson argenté apparut à la surface. Stefanos sentait le cœur de Claudia battre contre le sien et s'émerveilla à l'idée qu'une autre vie était présente aussi. Son enfant. Quand serait-il possible d'entendre battre son cœur ? Claudia lui permettrait-elle d'assister à ses rendez-vous médicaux ? Avait-elle suffisamment confiance en lui ?

Elle s'écarta pour contempler son visage. Durant un long moment, leurs regards ne se lâchèrent plus. Il ignorait ce qu'il cherchait, mais il avait l'assurance qu'un jour, il trouverait. Leurs lèvres se joignirent. La bouche de Claudia s'ouvrit, douce et accueillante. Ce n'était pas un baiser passionné – pas encore, même si quand il était près d'elle la passion risquait à tout moment de s'enflammer. C'était un baiser tendre, positif, l'aveu d'une vérité qu'il ne pouvait plus nier.

— Tu sais que jamais je n'ai cessé de me sentir attirée par toi ? murmura-t-elle tout contre sa bouche.

— Moi aussi. Et jamais cela ne prendra fin, je le sais. Même si j'essaye d'y échapper.

De nouveau, elle l'embrassa, lentement, tendrement.

— Moi aussi, j'ai essayé, mais en vain. Je n'ai ressenti pour personne d'autre ce que je ressens pour toi. Et puis quand je t'ai revu à Bloomsbury... enfin... tu sais bien ce qui s'est passé.

— Pareil pour moi. Un choc immédiat, total. Mais cette fois, il y a des conséquences qui risquent de nous éloigner, ou au contraire, de nous rapprocher.

— Tu crois qu'il faudrait que nous apprenions à mieux nous connaître.

— Sans doute.

— Comme si nous sortions ensemble ?

— À Santorin, nous ne sommes pas vraiment sortis ensemble. Notre relation a commencé sur-le-champ.

De bonjour au lit, sans transition. Et il avait cru que ça durerait toute sa vie.

Merveilleux ! Jamais il n'avait plus rien ressenti de

semblable au délicieux chaos de tomber amoureux d'elle. Et quand il avait essayé de retrouver ce bonheur, cela l'avait conduit au désastre. Peut-être était-il destiné à ne l'éprouver qu'avec Claudia ?

Il ne chercha p s à en dire plus, anticipant une réaction cinglante de sa part. Et d'ailleurs, lui-même n'était pas trop sûr de ce qu'il ressentait. Peut-être était-il sur le point de tomber dans un piège ?

— Allons-nous recommencer à sortir ensemble ?

— Dix ans après mon coup de foudre pour une belle rousse en train de rire dans un bar de Santorin ?

— Pourquoi pas ?

— Alors, pour notre premier rendez-vous, accepterais-tu de venir nager un peu avec moi ? Et ensuite de partager un morceau de pain sec ?

— Rien ne me plairait davantage ! répondit-elle en riant.

Claudia descendit l'échelle au flanc du *Daphne* avant de pénétrer dans l'eau incroyablement claire et fraîche qui se referma sur elle. Température parfaite. Elle se retourna pour voir Stefanos effectuer un impeccable plongeon et émerger à côté d'elle.

— Le paradis ! s'exclama-t-elle.

Elle plongea vers le fond, émerveillée par les jeux du soleil dans l'eau turquoise, illuminant le sable blanc, les algues animées par les courants, un poisson aux couleurs vives qui circulait entre les rochers, une étoile de mer rouge vif. Elle émergea pour nager parallèlement au bord, Stefanos toujours derrière elle.

— Il doit y avoir de belles plages à Sydney, dit-il quand ils firent une pause.

— Oui, des plages magnifiques. Pourtant dans l'eau, j'avais toujours un peu d'appréhension, à cause des requins.

— Ici, pas l'ombre d'un requin. Mais attention aux méduses, et aussi aux oursins si tu te rapproches de la plage.

Elle avait oublié à quel point il pouvait être protecteur. Encourageant et positif sans être possessif pour autant. Pour la première fois, elle imagina quel père il serait. Puis il la défia, au premier qui sortirait de l'eau, et elle n'y pensa plus.

Après s'être séchés au soleil du milieu de matinée, ils s'installèrent en bordure de la plage, à l'ombre d'un bosquet de pins. Claudia s'assit, les bras autour des genoux.

— Dis-moi que nous pourrons venir nager ici tous les jours.

— Ici ou près d'une autre superbe plage de Kosmimo. Si tu préfères, on peut aussi découvrir d'autres îles ou aller à Nidri pour voir les boutiques et déjeuner au restaurant. Je connais des tavernes familiales sur d'autres îles accessibles seulement par bateau.

— Comme celles où nous allions quand nous étions à Santorin ?

— Oui. Tu te rappelles cette taverne où tu as nourri les chats errants avec des sardines au barbecue ?

— Bien sûr ! Mais toi aussi, tu leur donnais de tes sardines.

— Je suis surpris de voir que tu gardes tant de souvenirs de cette époque.

— Toi aussi !

Mais leurs souvenirs étaient-ils tout à fait les mêmes ? Se rappelait-elle tout le temps qu'ils avaient passé à faire l'amour ? Et qu'ils riaient ensemble des mêmes choses ?

— S'il te plaît, ne me parle plus de sardines. Ça me retourne l'estomac. Beurk !

— Oublie que j'ai prononcé ce nom maudit, répondit-il en riant.

Un long silence suivit. Une libellule atterrit sur le pied de Claudia et elle retint son souffle jusqu'à ce qu'elle s'envole.

— Que s'est-il passé avec tes ex-épouses ? finit-elle par demander.

— Je me doutais que je n'échapperais pas à cette question.

— Tu ne te trompais pas...

Mais elle était sérieuse. Que s'était-il passé durant ces dix années qui l'avaient rendu si amer ? De son côté, elle n'avait pas changé d'opinion sur le mariage ou la vie à deux, pas après avoir gardé si longtemps son indépendance.

Elle frissonna. Après avoir toujours fait passer sa carrière avant n'importe quel homme, elle avait faibli et laissé Brad la dominer et la manipuler. Peut-être s'était-elle révélée si vulnérable parce qu'elle était seule à Sydney ? Quelle qu'en soit la raison, elle n'avait pas décelé que c'était le pire des menteurs. Si elle avait épousé un homme de ce genre, elle aurait été prise au piège. Évidemment, ça ne risquait pas de lui arriver avec Brad puisque, contrairement à ce qu'il prétendait, il était déjà marié.

Non, le mariage ne la tentait pas plus que quand elle avait dix-neuf ans. D'ailleurs, même si elle avait changé d'avis, un homme déjà pourvu de deux ex-femmes n'était pas le candidat idéal. Même s'il était le père de son enfant. Il fallait absolument qu'elle sache comment il en était arrivé là.

— Si c'était notre premier rendez-vous, tu ne m'interrogerais sûrement pas sur mes ex, dit-il avant de pousser un soupir qui fit presque regretter à Claudia son insistance.

— Commence par la première.

— Très bien. Arina était la filleule de ma mère, une amie de la famille, une copine d'enfance.

— Tu la connaissais depuis toujours ?

— Oui, mais je ne l'avais pas vue depuis longtemps car elle était à la fac. Ensuite, elle a fait un stage chez un fournisseur d'Adrastos Shipping et nous nous sommes retrouvés. Moi, j'étais désespéré à cause de notre rupture. Arina avait le cœur brisé, elle aussi, et nos parents respectifs, pour une raison que j'ignore, n'ont eu de cesse de nous jeter dans les bras l'un de l'autre. Arina était une bonne personne. Elle m'a dit ce que j'avais envie d'entendre, c'est-à-dire qu'elle désirait avant tout fonder une famille. Après ton abandon, ces mots m'ont mis du baume au cœur et avant que j'aie vraiment réalisé, nous étions mariés. Nous avions vingt-deux ans, et notre union s'est révélée désastreuse pour l'un comme pour l'autre. Pour elle, le lit conjugal était un devoir qu'elle subissait et cherchait à fuir par tous les moyens.

Claudia eut soudain envie de se boucher les oreilles pour de bon.

— De toute façon, aucun mari n'aurait pu la satisfaire, reprit-il.

— Pourquoi ?

— Parce que… elle était amoureuse de sa meilleure amie – sa demoiselle d'honneur lors de notre mariage – depuis l'école primaire. Hélas, sa famille était très conservatrice.

— Et elle n'avait jamais pu être elle-même. Pauvre Arina ! C'est très triste. Je suppose que ses parents espéraient que votre mariage la « guérirait ».

— Ce doit être ça. Mais son histoire se termine bien. Six mois après la cérémonie, elle m'a quitté pour son amie, et elles sont désormais très heureuses ensemble. Je suis allé à leur mariage et Arina et moi sommes restés amis.

— Mais tu lui gardes rancune ?

— De m'avoir trompé, oui. Tout le monde m'a menti : elle, sa famille, ma propre mère, et même mon père, qui voyait d'un bon œil cette union stratégique entre les héritiers de deux géants du commerce maritime.

— C'était effectivement beaucoup à porter pour tes frêles épaules.

— Je n'ai pas voulu mentir sur les raisons de notre divorce, et Arina et sa femme non plus. Nous avons dit la vérité et attendu que la vague de scandale reflue d'elle-même.

— Et te laisse pantelant sur le rivage…

— Si l'on peut dire. J'ai vécu l'enfer pendant et après ce mariage. Comment ai-je pu de nouveau faire confiance ?

— Désolée que tout ait si mal tourné pour toi. En tout cas, nul ne pourrait t'en blâmer.

Rien d'étonnant à ce qu'il soit devenu si méfiant.

— Mon second mariage s'est révélé pire encore, dit-il en se prenant la tête entre les mains. Je n'ai aucune envie de me replonger dans cette époque. Trop dur.

— Dans ce cas, ne le fais pas, répondit Claudia, alarmée, et oublie que je te l'ai demandé.

Il releva la tête pour lui faire face.

— Maintenant que ta curiosité est éveillée, tu finiras par me le redemander plus tard.

— Pas si ça t'ennuie. Ou peut-être, quand même, mais plus tard. Tu n'as pas besoin de tout me dire aujourd'hui.

— Maintenant que j'ai commencé, autant en finir.

— Seulement si tu en as vraiment envie. Je comprends que ce soit très dur pour toi.

— C'est la dernière fois, d'accord ? On n'en reparlera jamais plus.

Elle se sentait coupable, mais il fallait qu'elle sache. Les mariages malheureux de Stefanos auraient pu avoir un impact sur l'avenir de leur enfant. Et elle voulait aussi savoir pour elle-même, inutile de le nier.

— J'ai rencontré Tiana lors d'une fête annuelle internationale de yachting dans le sud de la France. J'avais vingt-sept ans.

— Tu avais donc déjà vendu ta compagnie maritime ?

— Oui sauf le département yachting. La navigation de plaisance m'a toujours intéressé. Depuis j'ai doublé les bénéfices.

Il était peut-être un archéologue de cœur, mais il avait les affaires dans le sang.

— Donc tu l'as rencontrée lors d'un concours de yachting...

Autre indication sur le milieu qu'il fréquentait.

— J'aurais dû me méfier. Dans ce genre de manifestations, on trouve des gens venus de partout et ils ne disent pas toujours la vérité.

— C'était son cas ?

De nouveau, elle se sentit mal à l'aise en l'imaginant avec une autre femme. Même si c'était du passé, cette expérience l'avait modifié et il avait déjà avoué qu'elle s'était mal terminée.

— Elle était séduisante et drôle, exactement ce dont j'avais besoin à ce moment-là. Je ne m'attendais pas à ce qu'elle débarque à Athènes, mais c'est ce qu'elle a fait sous un prétexte plausible. Ce que je n'ai pas compris, c'est qu'elle m'avait pris pour cible, poursuivi et traqué.

— Vraiment ?

Un milliardaire était un véritable trophée. Rien d'étonnant à ce qu'il se montre amer et répugne à s'engager de nouveau.

— Ma mère appelait ce genre de femmes *chrysotiras*, croqueuse de diamants. Évidemment, je ne l'ai pas crue.

— Et c'était pourtant bien la réalité ?

— Oui. Tiana savait parfaitement comment me manipuler, et avant que je m'en aperçoive, elle m'avait piégé. J'ai cru épouser une gentille fille qui voulait fonder une famille, comme moi. Et puis j'ai appris par hasard qu'elle était plus âgée qu'elle ne le prétendait et avait déjà un enfant, caché chez ses parents... Tout n'était que mensonge.

— Stefanos, je n'arrive pas à croire... Mais pourquoi ?

— Pour l'argent, répondit-il d'une voix rauque.

— J'espère qu'elle n'a rien obtenu !

— Bien sûr que si. À condition de sortir à tout jamais de ma vie.

— Je suis désolée que tu aies dû traverser tant d'épreuves. Tu vaux tellement plus que de l'argent. Tu es beau, intelligent...

Il balaya d'un geste ces mots aimables.

— Et très mauvais juge en matière de femmes. Jamais plus je ne prendrai un tel risque. Il n'y aura pas de troisième mariage. Grâce à toi, je vais avoir un enfant, mais je ne veux pas d'épouse.

Elle ne pouvait lui reprocher sa véhémence.

— Tes deux divorces sont des cas exceptionnels, tu n'as vraiment pas eu de chance. On fait tous des erreurs, sans pour autant se marier.

— Comme toi ?

— Si tu veux entendre ma lamentable histoire, je vais te la raconter. Rien d'extraordinaire. Et quand tu l'auras écoutée, tu ne penseras pas grand bien de moi.

— J'en doute. Mais à condition qu'ensuite nous ne reparlions plus jamais du passé.

— D'accord. Je me suis comportée comme une idiote. Tu vois ce que je veux dire ?

— Tu as été trompée, on s'est moqué de toi ?

— Exactement. Je ne comprends pas comment j'ai pu être à ce point aveugle.

Ce fut au tour de Stefanos de poser sur son épaule une main réconfortante.

— Je travaillais dans un hôtel, à Sydney, commença-t-elle en posant la main sur la sienne, un endroit fabuleux qui donnait sur le port. Brad était mon patron et j'ai très vite succombé à son charme. Sans que je m'en rende compte, il m'a fait signer des documents, des contrats pour des fournitures, passés avec des compagnies appartenant à des membres de la famille de sa femme. Oui, sa femme - j'ignorais qu'il était marié. Elle non plus, elle ne savait pas que j'existais et n'était pas au courant des affaires conclues par Brad avec ses frères. Elle nous a accusés d'escroquerie, lui et moi. Cela a pris une mauvaise tournure. Dans la presse, il était question de « triangle amoureux », une humiliation de plus. J'ai dû me battre pour que mon nom ne soit pas Sali et j'ai fini par gagner, mais à quel prix ?

— Toi non plus, tu n'as pas eu de chance.

— Non, mais ça ne s'est pas si mal terminé, puisque j'ai réussi à monter ma propre affaire. Sans homme à qui rendre des comptes.

— Au fond, cette affaire t'a menée jusqu'à moi.

— Et maintenant, j'attends un bébé, une bonne nouvelle pour nous deux, dit-elle avant de respirer un grand coup. Stefanos, je suis désolée de ne pas avoir été comme tu voulais, il y a dix ans, mais je suis heureuse de pouvoir t'offrir aujourd'hui un peu de ce que tu souhaitais.

— Et tu persistes à dire que tu ne crois pas au destin ?

14

Stefanos se carra dans sa chaise, très détendu.

Après avoir nagé, ils avaient rejoint Alex et Dell pour déjeuner et il avait été heureux de voir que Claudia s'était instantanément mise au diapason de son cousin et de sa femme, riant, plaisantant et discutant chaleureusement avec eux. Ils avaient l'air de mieux s'entendre avec elle qu'avec aucune des femmes qu'il leur avait présentées auparavant.

Il la sentait capable d'aborder tous les sujets : l'hôtellerie, les voyages en Asie, Sydney, la ville natale de Dell et d'Alex, les bébés et les enfants. En grec et en anglais. Dès qu'ils s'étaient assis, elle leur avait annoncé qu'elle tenait à parler grec pour réactiver ses connaissances. Tout se passait bien et elle n'allait plus tarder à parler couramment – comme autrefois, lorsqu'elle plaisantait sans difficulté avec les clients dans le bar de Santorin. Stefanos, qui se sentait très fier d'elle, participait aussi à la conversation. Il dut bien sûr raconter comment Claudia avait resurgi dans sa vie, empaquetant ses affaires alors qu'il s'apprêtait à déménager à Athènes. Comment ils s'étaient retrouvés et comment, de jour en jour, leur amitié s'était renforcée.

— Au moment où tu as revu Claudia, t'es-tu senti

séduit tout comme lors de votre première rencontre ? lui demanda Dell.

— Oui.

Il n'avait pas menti par politesse. L'ancienne attirance avait beau être mêlée d'amertume et de ressentiment, elle était toujours là et toujours aussi forte. La matinée qu'ils venaient de passer ensemble avait réveillé l'écho des temps anciens, quand ils étaient tout l'un pour l'autre. Mais il ne voulait pas se marier, et elle non plus. Comment faire évoluer cette situation en une relation positive pour eux deux ?

Une fois rentré à Athènes, il lui avait envoyé un texto pour suggérer qu'ils se revoient à Londres, sans engagement aucun. Mais la grossesse était venue tout bouleverser et, contrairement à eux, leurs cousins semblaient considérer ces neuf mois comme un compte à rebours, un problème à résoudre de toute urgence.

— On dirait qu'elle fait déjà partie de la famille, avait dit Dell en plaisantant, à l'affût de sa réaction.

Quand sa mère aurait appris la grossesse de Claudia, la pression s'accentuerait encore. Mais celle-ci avait aussi ses raisons de résister au mariage, elle le lui avait dit clairement. De nos jours, on ne se mariait pas parce qu'on allait avoir un enfant. Il était donc bien décidé à passer le plus de temps possible avec Claudia en dehors de la famille, si bien intentionnée soit-elle.

Il remarqua que Claudia mangeait très peu.

— Tout va bien ? s'enquit-il.

— Oui, mais je préfère ne pas trop forcer.

— La natation t'a fait du bien.

— Et d'être avec toi aussi, lui chuchota-t-elle à l'oreille en se penchant discrètement vers lui.

Puis elle se retourna vers Dell pour reprendre leur conversation, et il se demanda s'il avait bien entendu.

Après le repas, il rentra chez lui pour passer quelques coups de fil tandis que sa cousine faisait visiter l'hôtel à Claudia. Sans elle, la villa lui parut vide, même si elle n'y était que depuis vingt-quatre heures. Ses sandales devant la porte, sa veste en lin posée sur le dossier d'une chaise, une touche de parfum floral dans l'air, tout évoquait sa présence. Et aussi ces biscuits et l'odeur du thé au gingembre.

Il était au téléphone dans le salon quand elle revint, tout excitée par la visite de l'hôtel. Stefanos mit immédiatement fin à la conversation pour l'accueillir.

— Stefanos, cet endroit est encore plus sublime que je ne l'imaginais. C'est le plus bel hôtel que j'aie jamais vu ! Plus beau même que mon paradis de Bali ou que celui de Bay Breeze, près de Sydney, qui est d'ailleurs tenu par des amis d'Alex, les frères Morgan. Pevezzo Athina est au top. Naturellement, l'emplacement et les vues sont superbes, mais ce marbre blanc, le luxe du mobilier, les jardins, le concept, le service, tout est parfait. Ce lieu mérite tous les éloges et toutes les récompenses qu'il a reçus.

Elle se laissa tomber à côté de lui sur le canapé.

— Merci, merci, de m'avoir emmenée ici, s'écria-t-elle en l'embrassant sur la joue avant d'ôter ses mocassins de bateau. Le problème, c'est que jamais je ne vais vouloir en repartir.

Pourquoi repartirait-elle ? Elle pouvait très bien vivre là, aider ses cousins à tenir l'hôtel, si cela lui faisait plaisir. Ils en seraient ravis, il le savait. Pour elle, ce serait plus épanouissant que l'emballage, et pour lui, plus facile de venir d'Athènes pour voir l'enfant que d'aller à Londres. La solution idéale, mais il était encore un peu tôt pour l'évoquer.

— Je suis ravi que ça te plaise autant.

— Tu as eu du flair d'investir là-dedans.

— Oui.

Son père avait aussi participé à l'investissement initial, ainsi qu'un autre cousin d'Alex, Cristos.

— Mais j'ai horriblement mal aux pieds. Dell m'a expliqué qu'elle aussi avait les jambes qui enflaient quand elle était enceinte, dit-elle en agitant les orteils.

— Laisse-moi faire, lui conseilla-t-il en lui prenant les pieds pour les lui masser, ainsi que les chevilles.

Allongée sur le canapé, Claudia s'abandonnait aux mains puissantes et délicates de Stefanos. C'était si bon...

Trop bon, peut-être.

Elle s'assit soudain et reposa les pieds par terre.

— Merci, ça m'a vraiment fait du bien.

— Alors, pourquoi en rester là ?

Sa voix était un peu rauque et elle n'eut aucun mal à comprendre ce qu'il voulait dire. D'ailleurs ses propres pensées n'étaient-elles pas en train de prendre le même chemin érotique ?

— Si je ne t'avais pas arrêté, nous ferions actuellement l'amour sur le canapé.

— Et alors ? Ce ne serait pas agréable ?

— Bien sûr que si, mais pas raisonnable. Pour gérer correctement notre parentalité, mieux vaut garder la tête froide, et faire l'amour m'empêche de penser. Je sais que c'est différent pour les hommes, mais pour moi, le sexe n'est pas purement physique, il génère des émotions. Et plus je m'y investis, plus je me sens vulnérable.

Et plus susceptible de tomber amoureuse de lui de nouveau. Et de souffrir lorsqu'ils finiraient par se séparer.

— Qu'est-ce qui te fait croire que pour les hommes, c'est différent ?

— Eh bien... Les hommes...

Elle haussa les épaules comme si toute explication lui semblait superflue.

— C'est une généralisation malhonnête. Certains hommes, peut-être. Mais moi…

— Désolée si je me suis trompée.

Elle se souvint de son regard adorateur pendant qu'ils faisaient l'amour.

— Tu es pardonnée.

Mais lui avait-il pardonné de l'avoir fait tant souffrir dix ans plus tôt ?

— L'idée c'était de sortir ensemble pour apprendre à mieux se connaître.

— À Santorin, nous avons fait l'amour dès la première nuit.

— Justement. Et ensuite, nous avons compris que nous ne nous connaissions pas aussi bien que nous le croyions. Ou qu'il nous l'aurait fallu, pour pouvoir franchir l'obstacle, répondit-elle avant de s'interrompre pour l'embrasser tendrement. Ça ne veut pas dire que je n'ai pas envie de toi. Bien au contraire.

— Ne dis pas ça ! s'exclama-t-il en s'écartant d'elle sur le canapé. Savoir que tu me désires autant que je te désire rend les choses encore plus difficiles.

— Pour moi aussi, crois-moi. Mais désormais, il ne nous faut plus penser seulement à nous. Il y a notre bébé. Meilleure sera notre relation, mieux cela se passera pour elle ou pour lui.

— Comment prétendre le contraire ?

— À propos du bébé, je peux te poser une question ?

— Du moment que tu n'exiges pas que j'arrête de te désirer…

— Mais non. Veux-tu assister à ma première échographie ? Elle a lieu autour de la douzième semaine, pour voir si le développement est normal et évaluer la date de l'accouchement.

— Oui, je serai très heureux d'y assister.

Il en avait l'air, effectivement. Un premier pas. Elle en fut très satisfaite car elle avait envie qu'il soit là. Et puis, il y avait une autre raison : si elle l'impliquait, si elle lui montrait quelle mère aimante elle essayait d'être, il risquait moins de tenter de l'évincer. Non qu'elle l'en croie vraiment capable, mais mieux valait prendre toutes les précautions nécessaires.

— Bien sûr, je sais exactement à quelle date cet enfant a été conçu. J'ai passé un seul jour avec toi, même si... euh... enfin, tu te rappelles ?

— Je me rappelle très bien.

— Être enceinte quand on est seule n'est pas aussi simple que je pensais. Les soignants posent toujours des questions sur le père, et je ne connais pas toutes les réponses, par exemple ton groupe sanguin, et c'est important. Et puis, il y a des choses que j'aimerais partager avec toi.

— Tu n'as qu'à m'avertir et je serai là. Je viendrai d'Athènes. Merci de ne pas m'exclure.

Elle fut surprise qu'il ait eu peur de l'être. Mais elle avait tellement redouté qu'il ne cherche à s'emparer de l'enfant que, de son côté, il avait sans doute éprouvé la peur d'être exclu.

— Tu as des questions à me poser ?

— Quand pourrons-nous entendre battre le cœur du bébé ? Ce doit être très rassurant.

— Sans doute au moment de l'échographie.

— Tu le sens battre dès maintenant ?

— Non, mais moi aussi, j'en ai très envie.

— J'ai d'autres questions à te poser, mais auparavant, tu ne veux pas boire quelque chose ou manger un biscuit ?

Et tes pieds, ils te font encore mal ? Tu ne veux pas les surélever sur des coussins ? Je vais aller t'en chercher.

— C'est une excellente idée. Mais je peux y aller moi-même. Pendant ce temps, prépare-nous à boire.

Se serait-il montré aussi prévenant quand il avait vingt ans ? Après tout, sans doute. Elle, elle aurait trouvé que ça allait de soi. Peut-être devait-elle désormais lui faire vraiment confiance.

— *Entaxei.* Ça marche...

Une fois confortablement installée, un verre de limonade grecque recommandée par Dell à la main, Claudia revint à leur conversation.

— Tu as d'autres questions à me poser ?

— Quand pourra-t-on connaître le sexe du bébé ?

— Je ne l'ai pas demandé parce que je ne veux pas le savoir. Tu me trouves sans doute vieux jeu, mais je préfère avoir la surprise.

— Je suis d'accord. Du moment que le bébé est en bonne santé, peu m'importe son sexe.

— Oui. Cela dit, s'ils font des tests, j'aurai du mal à imaginer que l'équipe médicale connaisse le sexe, et pas moi.

— Tu as raison.

— Je me demande comment sera notre enfant.

— Roux, comme toi, ou brun au teint mat ? Qui sait ?

— Je crois que ta couleur est dominante. Tu as les cheveux si noirs !

— Sans doute, mais il y a des blonds dans ma famille, et des yeux verts.

— Encore une surprise. Tu as réfléchi aux prénoms ? Je crois que dans les familles grecques, il existe une tradition des prénoms.

Elle n'avait pas encore osé aborder le sujet.

— Traditionnellement, le fils aîné porte le prénom de son grand-père, et la fille aînée, celui de sa grand-mère.

— Même si nous ne sommes pas mariés ?

— Pourquoi pas ?

— Tu portes le prénom de ton grand-père ?

— Oui.

— Quels sont les prénoms de tes parents ?

Elle en savait vraiment très peu à son sujet.

— Le prénom de ma mère est Dimitra et celui de mon père, Vasileios.

— Dimitra me plaît bien, mais pour le prénom de ton père, je suis moins convaincue.

— Il me plaît, parce que j'aimais mon père. Mais rien ne nous oblige à nous plier à ces traditions. Après tout, tu n'es pas grecque. Peut-être notre enfant mérite-t-il d'avoir un prénom bien à lui.

— Je vais y repenser.

— Tu souhaites que notre enfant soit bilingue ?

— Absolument. Je lui parlerai dans les deux langues. Quand il ou elle ira te voir en Grèce, il devra parler grec.

Claudia commençait à trouver la conversation difficile - leur séparation, leur enfant partagé entre eux... Aujourd'hui, elle n'avait pas cessé de se rappeler pourquoi elle était tombée si follement amoureuse de lui.

15

Stefanos ne pouvait imaginer moment plus parfait : Claudia et lui faisaient à la nage le tour d'une petite île inhabitée proche de Kosmimo. Le *Daphne* était amarré de l'autre côté. Pas d'autre bateau en vue ni la moindre personne, seulement Claudia et lui, glissant ensemble dans la mer tiède et calme, de bon matin, sous un ciel d'été d'un bleu parfait.

Il était bon nageur, mais elle lui tenait tête, fendant avec grâce l'eau turquoise de son corps mince et musclé. Au fond, le soleil illuminait le sable sous-marin surmonté de minuscules bancs de poissons.

Elle posa la main sur son bras.

— Regarde au bord de la falaise.

Stefanos releva la tête et aperçut cinq petites chèvres sauvages au poil hirsute qui escaladaient l'à-pic sans effort. Un défi aux lois de la gravitation.

— Stupéfiant.

— Comment font-elles pour ne pas tomber ?

— Leurs sabots sont très durs, alors elles peuvent les enfoncer dans la moindre anfractuosité, et dessous, elles ont des coussinets bien rembourrés qui se moulent sur la paroi comme de vraies chaussures d'escalade. Ces chèvres sont solides, agiles et de longue date habituées à ce paysage. Leurs ancêtres ont joué un rôle important dans la mythologie grecque. Mais tu n'as peut-être pas envie d'entendre une conférence sur le sujet.

— Bien sûr que si. C'est fascinant. Explique-moi.

— Quand il était bébé, Zeus, le roi des dieux, a été dissimulé à son père, Cronos, qui voulait le dévorer parce qu'il redoutait qu'il ne le détrône. Une chèvre nommée Amalthée l'a caché et nourri. Pour la remercier, Zeus a fait d'une de ses cornes la corne d'abondance. Il existe d'autres mythes concernant les chèvres, qui remontent à des milliers d'années et que nous connaissons grâce à des œuvres d'art antiques.

— C'est donc un privilège de les voir, dit Claudia en jetant aux chèvres un regard plein de respect. En fait, c'est un privilège de vivre sur ces îles magnifiques, et de contempler cette mer sublime. J'ai beaucoup de chance.

De nouveau, elle plongea et nagea devant Stefanos, qui contemplait son corps pâle dans l'eau transparente, restant à distance pour le plaisir de la voir évoluer.

Jamais il n'avait partagé un moment aussi exquis, parfait et harmonieux avec ses ex-femmes. Ni avec personne d'autre d'ailleurs, sauf avec une fille de dix-neuf ans pleine de vie, jadis, à Santorin...

Claudia avait gardé le même goût que lui pour la nature, la bonne musique, les plats simples et la compagnie de ses amis. Elle avait même l'air d'apprécier les récits de la Grèce ancienne. La vue d'une petite troupe de dauphins bondissant autour du *Daphne* l'enchantait autant que son ex-seconde épouse quand il lui offrait le énième bracelet de diamants qu'elle exigeait de lui.

Il ne niait pas ses privilèges, mais tout son argent n'avait jamais pu lui procurer l'impression d'harmonie qu'il ressentait en compagnie de Claudia.

Jadis, il l'avait initiée au plaisir de nager dans les eaux

grecques, et il s'imaginait déjà en train de le faire découvrir à leur enfant… à leurs enfants ?

Oui, c'était bien pour cette raison qu'il aimait tellement sa compagnie, parce qu'ils avaient beaucoup de goûts communs et appréciaient les mêmes activités, ce qui n'avait pas été le cas avec ses ex-épouses. Leur mariage pourrait-il réussir malgré ces deux échecs lamentables ? Il lui permettrait en tout cas de profiter de la compagnie de son enfant tous les jours et pas seulement les week-ends et pendant les vacances scolaires.

En quelques brasses, il revint à hauteur de Claudia avant de ralentir à son rythme. Il aurait voulu que ce moment parfait dure toujours et que leur séjour sur l'île ne prenne jamais fin. Il ne leur restait plus que trois jours à passer ensemble. Ces journées magiques s'écoulaient si vite ! Bientôt la réalité reprendrait ses droits, comme la vie qu'ils vivaient, elle à Londres et lui à Athènes, si loin l'un de l'autre.

Il réalisa qu'il commençait à la comprendre. Un autre avenir était possible, et il ne voulait pas le laisser échapper.

Le *Daphne* était ancré près d'une petite île proche de Kosmimo. Un coin de paradis ionien particulièrement adorable, et pas seulement à cause de la présence de Stefanos. Le matin, ils avaient fait le tour de cette île à la nage et observé les chèvres qui escaladaient la falaise.

Ils avaient projeté de quitter le Pevezzo Athina pour passer une journée entière en exploration, seuls tous les deux. Stefanos voulait emmener Claudia déjeuner dans une taverne située sur une autre île, accessible seulement par mer, puis passer l'après-midi à nager avec masque et tuba.

Pour l'instant, elle était allongée sur une chaise longue sur le pont d'acajou du *Daphne*, contemplant Stefanos qui astiquait les équipements métalliques du yacht. Il avait sûrement des employés qui auraient pu s'en charger – après tout, il possédait une flotte de bateaux de plaisance de luxe tout autour de la Méditerranée –, mais il lui avait dit qu'il aimait bien le faire lui-même car le *Daphne* lui avait été offert par ses grands-parents, qu'il adorait et qui étaient décédés.

Pour elle aussi, ce bateau était spécial et lui rappelait cet été lointain. Et voilà qu'elle se forgeait d'autres souvenirs qui viendraient s'ajouter aux précédents.

Jamais elle n'avait été aussi heureuse, depuis les jours passés à bord du *Daphne*, dix ans plus tôt. Chaque matin, ils partaient explorer Kosmimo ou les îles des environs avant de se détendre à l'hôtel ou de déjeuner avec Dell et Alex, qui étaient si vite devenus de vrais amis.

Mais dans trois jours, le vendredi, l'hélicoptère les ramènerait à Athènes où resterait Stefanos tandis qu'elle s'envolerait pour Londres. Même si ses nausées matinales s'étaient calmées, elle redoutait ce voyage, et surtout de ne plus revoir Stefanos jusqu'à son échographie de la douzième semaine.

S'il décidait d'y assister, et ne changeait pas d'avis concernant son implication dans cette grossesse. Si ses affaires ne l'en empêchaient pas. S'il ne rencontrait pas entre-temps une autre femme qui le dissuaderait de s'intéresser à elle...

Ces pensées tournaient dans sa tête comme une nuée de guêpes. Alors si elle ne voulait pas devenir folle, elle devait lui faire confiance.

Elle se leva pour aller boire, mais une bourrasque lui arracha soudain son chapeau, qui tomba à la mer.

— Mon chapeau ! s'écria-t-elle en ôtant la chemise qu'elle avait enfilée sur son maillot. Je vais le chercher.

— Attends ! Je vais le rattraper avec une gaffe... Ça y est, je le tiens, dit-il avant de déposer le chapeau sur le pont.

— Merci. Je l'adore. Mais je ne vais pas pouvoir le remettre avant qu'il soit sec.

— Il y en a plein d'autres sur le bateau. Regarde dans le placard de la cuisine.

L'intérieur du *Daphne* était digne d'un appartement de grand luxe. Dans un placard de la cuisine bien équipée, elle trouva plusieurs chapeaux empilés sur une étagère. Des chapeaux d'homme, trop grands pour elle, mais caché derrière la pile, elle en découvrit un qui semblait plus petit et poussa un cri.

Le vieux chapeau de paille déformé qu'elle avait porté durant tout cet été-là ! Elle l'avait acheté au marché le jour de son arrivée pour travailler au bar. Ses initiales étaient encore visibles sur le ruban. Elle croyait l'avoir laissé quelque part à Santorin, car elle ne l'avait pas retrouvé dans ses bagages, et elle avait longtemps regretté cet oubli.

Elle lui redonna forme autant qu'elle put et le posa sur sa tête. Il lui allait toujours aussi bien. Puis, après avoir pris quelques rafraîchissements dans le frigo, elle remonta sur le pont. En la voyant, Stefanos s'arrêta soudain.

— Tu as retrouvé ton chapeau. J'aurais dû me douter...

— Te douter de quoi ?

— Que tu le trouverais là où je l'avais caché.

— Caché ? Mais pourquoi ? J'ai dû l'oublier sur le bateau il y a dix ans et tu l'as rangé.

— Tu ne l'as pas laissé sur le bateau. La dernière fois que tu l'as porté, c'est quand je t'ai emmenée à l'aéroport. Je l'ai retrouvé par terre, dans la voiture. Je l'ai ramassé. Il gardait encore l'odeur de ton shampoing.

Elle sentit les larmes lui monter aux yeux.

— Oh ! Stefanos, c'est trop triste de penser que de mon côté, j'étais en train de sangloter dans l'aéroport !

— Oui.

— J'ai pleuré toutes les larmes de mon corps. Si j'avais su que tu avais gardé mon chapeau...

— Je l'ai rapporté à Athènes et gardé dans ma chambre jusqu'à mes fiançailles avec Arina. Je ne trouvais pas très sympa de m'accrocher à un objet qui avait appartenu à mon premier amour, mais je ne pouvais pas le jeter. Alors, je l'ai fourré au fond de ce placard, sur mon bateau.

— Et tu l'as gardé durant toutes ces années ?

— Je l'avais oublié jusqu'à ce que je te propose de descendre chercher un chapeau. J'ai espéré que tu ne le verrais pas... ou que tu ne le reconnaîtrais pas.

— Pourquoi ?

— Je ne voulais pas que tu me prennes pour un idiot sentimental, répondit-il en haussant les épaules.

— Je ne te prends pas du tout pour un idiot, au contraire, c'est beau, ce que tu as fait. Si j'avais su, cela m'aurait peut-être réconfortée un peu de savoir que tu tenais davantage à moi que ne le laissait supposer la façon dont tu m'avais éliminée.

Il avança la main pour caresser le bord du chapeau.

— Mais maintenant que je te revois le porter, je réalise à quel point je tenais à toi et tout ce que j'ai perdu en rompant tout contact. Et quel imbécile j'étais, assez arrogant pour croire que ma façon de faire était la seule valable.

— Stefanos, tu étais jeune, et c'était il y a si longtemps... Mais pour moi, ça compte énormément que tu aies gardé ce chapeau pendant dix ans. Les vieilles blessures sont longues à guérir.

Elle s'approcha de lui, posa les mains sur ses épaules et l'embrassa. Il avait un goût de sel et de citron, et sa barbe était très douce. Combien de baisers avaient-ils échangés sur ce bateau ? Combien en échangeraient-ils encore ? Elle allait partir, revenir à la vraie vie, à Londres. Après ces quelques jours, elle savait tout ce qu'elle avait besoin de savoir au sujet de Stefanos. Et ils devraient bientôt se séparer.

Il lui ôta le chapeau.

— S'il te plaît, ne le laisse pas tomber à l'eau, dit-elle.

— Jamais, répondit-il en le pliant avant de le ranger dans une poche de son short.

Le couvre-chef n'était pas vraiment fait pour être plié, mais il l'avait été si souvent déjà, dix ans plus tôt.

Il lui caressa les cheveux et elle soupira de plaisir. Il ne portait qu'un short, et son torse nu était puissant et hâlé. Ses muscles roulaient sous sa peau tiédie par le soleil. Il l'attira à lui, si près qu'elle sentit battre son cœur et son sexe se dresser. Elle se nicha contre lui et l'embrassa de nouveau. Un baiser fiévreux et avide, cette fois.

— Il vaut mieux qu'on arrête, dit-il d'une voix rauque, haletante, en s'écartant.

— Pourquoi ?

— Parce que tu as dit...

— J'ai changé d'avis.

— Tu en es bien sûre ?

— Absolument.

Ils s'étreignirent et leur baiser gagna encore en intensité. Il glissa le doigt sous la bretelle de son maillot pour la faire descendre. Elle ne pouvait plus penser qu'à son désir pour lui... comme elle l'avait désiré, dès qu'elle l'avait revu. Elle le désirerait toujours, d'une passion qui dévorait tout.

— Tu veux qu'on descende ?

— Comme tu veux, dit-il en la soulevant dans ses bras comme une plume pour l'emporter à l'intérieur.

Toutefois, ils ne dépassèrent pas le salon. Dès qu'il l'avait touchée, elle s'était sentie perdue. Il fit glisser son maillot, en caressant tout son corps, comme elle aimait, avant d'user de sa langue et de ses lèvres pour l'amener au comble de l'excitation.

— J'ai envie de toi, dit-elle en lui arrachant son short, les mains tremblantes, et de l'attirer à elle sur le canapé.

Elle l'aimait. Elle l'avait aimé, dès le premier regard et elle n'avait jamais cessé. Et si elle n'en avait pas aimé un autre, c'est parce que ce n'était pas lui. Elle ne supporterait pas de vivre sans lui. Pourquoi avait-elle mis si longtemps à le comprendre ?

— Ça ne risque rien ? demanda-t-il. Je veux dire, pour le bébé ?

— Mais non, le médecin me l'a dit.

Néanmoins, Stefanos ne céda pas à sa demande de la prendre vite et, au contraire, il la taquina et la tourmenta de ses doigts habiles avant de se glisser en elle, à lentes poussées, jusqu'à ce qu'ils aient trouvé leur rythme dans un plaisir extrême. Quand ils jouirent ensemble, les yeux dans les yeux, Claudia cria le nom de Stefanos en espérant qu'il l'aimait autant qu'elle l'aimait.

Elle tenta de rester éveillée pour recommencer, pour lui parler de ce qui leur arrivait, mais ne put s'empêcher de sombrer dans le sommeil.

À son réveil, elle trouva Stefanos qui l'observait, assis sur le canapé, une serviette nouée autour des hanches. Beau à mourir... Jamais elle ne se rassasierait de contempler son visage, ses yeux pailletés de vert vif. Elle le fixa avec un sourire satisfait, apaisé en s'étirant comme un chat.

Quand il écarta les cheveux qui lui tombaient sur le front, elle lui prit la main au vol pour l'embrasser.

— Entre nous, ça a toujours marché, pas vrai ? Je veux dire, le sexe.

— Toujours.

— C'est peut-être pour ça que nous n'avons jamais beaucoup discuté. Nous étions trop occupés à faire l'amour.

— Combien de temps ai-je dormi ? demanda-t-elle en s'étirant de nouveau. J'ai rêvé qu'on nageait dans une mer turquoise, reprit-elle, on était nus et on se rendait quelque part… je ne sais plus où, mais dans un endroit merveilleux.

— Ça me convient tout à fait.

— Entre nous, il y avait un bébé-sirène qui nageait.

— Une sirène ? Peut-être était-ce Dimitra ?

— Ou alors non, ce n'était pas une sirène.

— Nous verrons bien.

— Tu crois que ce rêve a un sens ?

— Peut-être. Moi, je crois au destin et toi, aux sirènes.

— Je… je voudrais que ce rêve devienne réalité.

Il l'embrassa au coin de la bouche avant de la fixer droit dans les yeux.

— Je voudrais qu'on se marie.

Claudia s'assit et le regarda.

— Qu'est-ce que tu racontes ?

— Depuis que nous sommes sur l'île, je n'arrête pas d'y penser. Je crois que c'est la bonne solution.

Il avait l'air sérieux. Rien de romantique. Un contrat d'affaires, si tu veux…

— Pour le bébé, ça vaudrait mieux. Et pour nous aussi. On s'entend tellement bien ! Et pas seulement au lit.

Sans doute avait-il fait un tableau des pour et des contre, en deux colonnes, songea Claudia, terriblement déçue. Elle ne s'attendait pas à ce qu'il lui propose le mariage, surtout pour des raisons aussi pragmatiques. Elle espérait des mots d'amour.

Pendant qu'ils faisaient l'amour, elle aurait voulu lui avouer qu'elle l'aimait, qu'il était son premier et son seul amour, mais ce n'était pas le bon moment, elle le savait. Heureusement, elle s'était abstenue, car ils n'avaient pas l'air en phase sur ce sujet, et elle avait bien fait de ne pas se donner en spectacle. Trompée par la façon dont il l'avait regardée au moment où ils jouissaient ensemble, elle avait cru qu'il éprouvait les mêmes sentiments qu'elle, mais elle s'était trompée. Complètement.

— « La bonne solution. » Qu'est-ce que tu entends par là ?

— C'est évident. Puisque nous allons avoir ce bébé ensemble, nous devons vivre ensemble. Toi à Londres et moi à Athènes, ça ne peut pas marcher.

Non. Ce qu'il aurait dû dire, c'est qu'il l'aimait et qu'il ne pouvait pas vivre sans elle. Sinon, pas question d'accepter.

— Pour le bébé, il est certain qu'il vaut mieux que nous soyons mariés, et ce serait plus pratique pour nous aussi.

— Je ne suis pas d'accord.

Comment ne comprenait-il pas que ses raisons n'étaient pas les bonnes ? Il ne parlait même pas d'elle, seulement du bébé, et lui proposait un mariage sans amour. Comment pouvait-il imaginer qu'elle allait tomber dans ce piège ?

— Pourquoi ? demanda-t-il en fronçant les sourcils. Tu aimes cet endroit, tu aimeras ma maison d'Athènes. Si tu en as envie, tu pourrais travailler à l'hôtel avec Alex et Dell. Je suis sûr qu'ils en seraient ravis.

Claudia aurait trouvé tout cela merveilleux dans le contexte d'un mariage d'amour, pas pour permettre à deux personnes qui s'entendaient bien au lit de conclure un arrangement satisfaisant. Pire, il tenait pour acquis qu'elle déménage en Grèce sans même lui avoir demandé son avis.

— Pour le moment, j'ai ma propre affaire à Londres, merci, dit-elle en s'efforçant de rester impassible.

— Tu ne m'as pas expliqué qu'on t'avait proposé de te la racheter en franchise ?

— Je n'ai pas dit que j'avais l'intention d'accepter cette offre.

— Si nous nous marions, tu n'auras plus besoin de travailler.

Jamais il ne lui avait semblé aussi arrogant que sur son île de Kosmimo. Un riche privilégié, habitué à obtenir ce qu'il voulait et bien décidé à user de son charme pour lui faire faire ce dont il avait envie : mettre sa vie en suspens et agir à sa convenance à lui, pour garder leur enfant à portée de main. Un enfant qu'elle le soupçonnait fort de vouloir accaparer.

— Je n'ai jamais envisagé d'arrêter de travailler, tu le sais.

— Peut-être le concevras-tu après la naissance du bébé.

Il semblait stupéfait qu'elle n'ait pas sauté sur sa proposition et s'imaginait vraiment détenir la vérité. Mais il n'avait pas d'amour à lui offrir.

— Ou peut-être pas.

— Dell et Alex t'adorent et je sais qu'ils rêvent de te voir entrer dans notre famille.

— Mon enfant en fera partie par le sang, et je suppose que moi aussi, d'une certaine façon, en tant que mère, mariée ou non.

— Pour lui, il vaudrait mieux avoir une mère et un père mariés et vivant sous le même toit.

— Tu n'as pas remarqué à quel point le mariage peut rendre malheureux ? Ce ne serait pas bon pour un enfant d'avoir des parents mariés et malheureux.

— Tu t'es sentie malheureuse avec moi cette semaine ?

Sa question déchira le cœur de Claudia. Jamais elle ne s'était sentie aussi heureuse. Amoureuse d'un homme qui semblait se consacrer entièrement à son plaisir, elle avait vécu ces quelques jours au paradis. Pourtant, il avait sûrement une idée derrière la tête.

— Au contraire, j'ai été absolument ravie. Mais ce sont des vacances et elles se terminent vendredi.

Elle trouvait de plus en plus difficile de lui répondre calmement, raisonnablement.

— Alors, pourquoi ne veux-tu pas m'épouser ?

Claudia le contempla d'un air incrédule.

— Je ne comprends pas. Vraiment. Pourquoi cette soudaine volte-face de la part d'un homme qui n'a pas cessé de me décrire ses ex-épouses comme des monstres qui l'avaient détruit et de me répéter qu'il ne se marierait jamais plus. Pourquoi me harcèles-tu de cette façon, Stefanos ?

— Je ne te harcèle pas.

— Tu as pensé à moi ? À ce que je désire ? À ce dont j'ai besoin, en dehors d'être ta partenaire au lit et la mère de ton enfant ? Durant toute cette conversation, jamais tu n'as évoqué la façon dont, moi, j'envisageais mon avenir.

Elle se leva du canapé en se drapant hâtivement dans le jeté de lit et se mit à arpenter le salon de long en large pour tenter de faire le point en dépit de la colère qu'elle sentait monter.

Il se leva pour lui faire face.

— J'espérais que tu envisageais ton avenir avec moi. Et aussi avec notre enfant, et d'autres peut-être.

— Décidément, tu n'as rien compris. Est-ce une manœuvre pour mettre la main sur notre enfant ? Projettes-tu de te débarrasser de moi grâce à un troisième divorce et de le garder pour toi tout seul ?

Il pâlit, visiblement blessé. Mais même si elle souffrait elle aussi, elle devait aller jusqu'au bout.

— Tu sais bien que c'est faux.

— Comment le saurais-je ? Je ne connais pas tes sentiments, je sais seulement que tu considères ce mariage comme une transaction avantageuse pour nous deux. Je suis outrée qu'après me l'avoir présenté de cette façon, tu t'attendes à ce que je me réjouisse. Et ce n'est pas la barrière de la langue. C'est plutôt une barrière émotionnelle dont tu ignores toi-même l'existence.

— Je ne vois vraiment pas de quoi tu parles !

Claudia sut qu'elle ne pourrait pas tenir plus longtemps. Mais pas question de fondre en larmes !

— Désolée, Stefanos, mais je ne veux pas me marier. Pas plus aujourd'hui qu'il y a dix ans. J'apprécie que tu veuilles faire ce que tu crois le mieux pour le bébé et je t'en remercie. Mieux vaut nous en tenir à un simple arrangement.

— Je ne comprends pas… Dix ans ont passé et on en est toujours au même point.

— Les circonstances sont très différentes, dit-elle d'une voix qu'elle tentait de maîtriser. Je pense que tu ne tarderas pas à t'en rendre compte.

Pour le moment, sur ce bateau, elle était prise au piège avec lui. S'ils avaient été plus près de Kosmimo, elle aurait plongé pour nager jusqu'à l'hôtel. Où elle se serait retrouvée tout aussi piégée dans sa villa. Comment avait-elle pu se fourrer dans cette situation ? Comment regagner Londres ? Elle ne pouvait pas demander à Dell et à Alex de l'aider car elle ne voulait pas embarrasser Stefanos.

Elle se dirigea vers la plus petite des cabines.

— Je ne me sens pas très bien, dit-elle. J'ai besoin de m'allonger. Ne compte pas sur moi pour le déjeuner ni pour nager après. Peux-tu me ramener à l'hôtel ?

— Très bien, répondit-il en serrant les mâchoires.

En passant à ses côtés, bouleversée de réaliser qu'elle était de nouveau amoureuse de lui alors qu'il ne l'aimait pas, elle vit son short, qu'elle avait jeté par terre dans sa frénésie de le lui ôter. Son vieux chapeau de paille, tombé de sa poche, gisait sur le sol. Elle eut envie de le piétiner.

16

Stefanos ne comprenait pas ce qui s'était passé. Claudia n'était plus ressortie de la cabine jusqu'à ce que le bateau soit amarré à son anneau, au Pevezzo Athina. Une fois à terre, elle l'avait accompagné jusqu'à la villa, restant silencieuse sauf quand il lui posait une question. À peine arrivée chez lui, elle s'était retirée dans sa suite avec un paquet de ses fichus biscuits, visiblement si malheureuse qu'il en avait eu le cœur serré. Qu'avait-il pu bien faire pour l'offenser à ce point ? Surmontant sa peur du mariage, il lui avait simplement demandé de l'épouser. Pourquoi avait-elle aussi mal réagi ?

En jurant, il se mit à arpenter le salon. Il voulait la protéger, pas lui faire du mal. Pourtant, on aurait dit qu'il l'avait terriblement blessée.

Il regagna sa chambre pour se changer, mais quand il revint, la porte de la suite de Claudia était toujours close. Il ne l'entendait plus sangloter. Heureusement, car il ne savait pas très bien comment s'y prendre quand une femme pleurait.

Fallait-il appeler un hélicoptère pour la faire hospitaliser ? Il ne pouvait supporter l'idée qu'il lui arrive quelque chose. Pas seulement au bébé, mais aussi à elle. Après ces jours idylliques, il n'imaginait plus la vie sans elle, malgré toutes ses réticences.

Debout devant la porte, il se demanda s'il n'avait pas renoncé trop vite. Aujourd'hui, sur le bateau, en la regardant, coiffée de son vieux chapeau, il avait cru revenir dix ans en arrière, quand ils étaient fous l'un de l'autre, seuls au monde. Rien qu'elle et lui dans leur bulle.

L'avait-il réellement perdue ? Une chose était sûre, il ne la ghosterait plus. Il n'était plus prêt à passer dix ans sans elle.

Hélas, cette fois, c'était elle qui semblait vouloir le ghoster.

Il consulta sa montre. Une heure et demie qu'elle était enfermée. Il frappa à la porte, qui s'ouvrit sous sa poussée. Elle n'était pas dans la chambre. Ni dans la salle de bains.

Partie ! Laissant dans l'air une trace de son parfum. Elle avait dû s'échapper pendant qu'il était dans le salon. Mais où ? Ses vêtements étaient toujours dans le placard, son maillot et la chemise qu'elle portait sur le bateau, dans la salle de bains. Elle ne pouvait avoir quitté l'île, seulement accessible par bateau ou hélicoptère. Pourvu qu'elle n'ait pas tenté de partir seule en bateau ! Non, jamais elle n'aurait mis la vie du bébé en danger.

Dell… Elle s'était sûrement réfugiée auprès de Dell, avec qui elle était devenue intime et chez qui elle avait dû chercher de l'aide. Mais pour quelle raison ? Elle savait que Dell et Alex déjeunaient toujours ensemble chez eux avec leurs enfants quand c'était possible. C'est là qu'elle devait se trouver.

En arrivant, il appuya sans doute un peu trop longtemps sur le bouton de sonnette car Dell avait l'air inquiet quand elle lui ouvrit.

— Stefanos ! Tout va bien ? Pas de problème avec Claudia ? Ni avec le bébé ?

— Claudia n'est pas chez vous ?

— Entre. Que se passe-t-il ?

— Je ne sais pas.

— J'ai aperçu Claudia en train de se promener tout à l'heure. Elle a prétendu qu'elle allait bien et qu'elle avait seulement besoin d'un peu d'air frais mais, visiblement, elle avait pleuré. Elle a refusé de me dire pourquoi.

— Quel est le problème ? s'enquit Alex en les rejoignant.

— Stefanos est à la recherche de Claudia. Il s'est dit qu'elle était peut-être ici.

— Je croyais que vous deviez passer la journée sur le *Daphne*, dit Alex.

— Oui, mais brusquement, elle s'est sentie mal et a exigé de rentrer.

— Ses nausées s'étaient calmées, pourtant, intervint Dell.

— Euh, le problème, ce n'étaient pas les nausées. C'était... moi.

— Que se passe-t-il, Stefanos ? demanda Alex. Claudia et toi, vous aviez l'air de si bien vous entendre...

— Nous espérions même que vous vous fianceriez avant de quitter l'île, dit Dell.

— Moi aussi ! s'écria Stefanos.

Maintenant, il n'avait plus qu'une idée en tête : que Claudia accepte de devenir sa femme.

— Alors, que s'est-il passé ? questionna Alex. Pourquoi s'est-elle enfuie dans le jardin en pleurant ?

— Il faut que je la trouve, répondit Stefanos.

— Non, dit Dell en lui posant la main sur le bras. Il faut surtout que tu réfléchisses pour résoudre ce problème. Que s'est-il passé au juste ?

— Je lui ai demandé de m'épouser. Mais ça ne s'est pas bien passé. Elle a refusé.

— Refusé ? Je n'arrive pas à y croire. Elle est clairement amoureuse de toi, elle attend un bébé et elle a refusé ?

Claudia était donc amoureuse de lui ? Elle ne le lui avait

pas dit. Mais en réfléchissant... Et lui, pourquoi ne lui avait-il pas dit qu'il l'aimait ? Qu'il l'avait toujours aimée ?

— Comment lui as-tu fait ta demande ? intervint Alex. Tu as mis un genou à terre ?

— Non, je lui ai simplement dit qu'on devrait se marier.

Pas question d'expliquer que ça s'était passé sur le canapé, juste après avoir fait l'amour.

— Tu lui as dit que tu l'aimais ?

— Non.

— Tu ne le lui as pas dit ? intervint Dell, incrédule. Tu ne le lui as jamais dit ?

— Si, autrefois, à Santorin.

— Il y a dix ans ? s'étonna Alex en posant la main sur l'épaule de son cousin. Tu te rends compte ?

— Euh... Oui... Enfin, je commence.

Quel idiot il avait été ! Si anxieux de se protéger qu'il avait risqué le pire : perdre Claudia.

— En te mariant, commença Alex, tu t'es trompé une fois, puis deux. Et voilà que tu es prêt à te tromper une troisième fois en laissant filer la femme que tu aimes.

— Tu as raison, reconnut Stefanos.

— On sait que tu as beaucoup souffert.

— Alors, tu t'es construit une carapace, dit Dell. Mais tout ça, c'est du passé. Pour toi, est-ce que Claudia est vraiment la bonne personne ?

— Oui, elle l'était d'ailleurs déjà il y a dix ans. Personne ne pourrait mieux me convenir.

— Je crois deviner, dit Dell, sûr de lui. Elle doit penser que si tu lui as demandé de t'épouser, ce n'est pas pour elle, mais pour le bébé. Stefanos, tu risques de la perdre. Alors, il faut que tu la rassures, que tu lui dises que tu l'aimes et que tu ne veux pas donner ton nom seulement à cet enfant.

Comment aurait-elle pu penser une chose pareille ?

Mais en se souvenant des derniers mots qu'ils avaient échangés... Là encore, il n'avait rien compris.

— Il faut absolument qu'elle connaisse tes sentiments. Tu as commis un gros impair. Va vite la trouver pour le réparer ! Ouvre-lui vraiment ton cœur, même si ça te semble difficile. N'hésite pas à ramper à ses pieds ! ajouta Alex en souriant.

Il avait raison. Rien de tel qu'une famille grecque pour vous encourager.

— D'accord, si c'est nécessaire.

— Tu as raison. Claudia et toi pourriez être très heureux ensemble. Elle est merveilleuse, à tous points de vue. Sans parler du bébé.

Le téléphone de Dell se mit à sonner. Elle s'éloigna de la table pour parler discrètement.

— C'était Claudia, dit-elle en revenant. Elle s'excusait de m'avoir inquiétée, mais maintenant tout va bien et elle a regagné sa suite.

Stefanos s'était déjà levé.

— Souhaitez-moi bonne chance, dit-il, et merci.

Cette fois, elle était de retour, il le savait. Armé d'un paquet de biscuits et d'une bouteille de citronnade, il alla frapper à sa porte.

— Claudia, tu vas bien ?

Silence.

— Je t'ai entendue pleurer. Laisse-moi entrer. J'ai une bouteille de citronnade bien fraîche et un paquet de tes biscuits préférés. L'heure du déjeuner est passée.

Elle lui ouvrit. Les taches de rousseur soulignaient son visage très pâle. Ses yeux étaient rougis et ses cheveux ébouriffés et pleins de sel. Elle avait l'air si vulnérable, si triste qu'il éprouva un désir urgent de la protéger. Mais il savait qu'après ce qu'il avait fait, elle n'allait pas se jeter dans ses bras.

— Laisse-moi entrer...

En pénétrant dans la pièce, il vit que son ordinateur était ouvert et aperçut quelques feuillets à en-tête de l'hôtel couverts de notes manuscrites.

— Que faisais-tu ? s'enquit-il, inquiet.

— J'essaye de trouver un moyen de quitter cette île avant vendredi.

— Pourquoi ?

— Parce que je ne supporterai pas de rester ici plus longtemps. Surtout vis-à-vis de Dell et d'Alex, qui espéraient tant à notre sujet.

— Tu as trouvé un moyen de partir ?

— Hélas, non ! Je ne peux pas me payer un hélicoptère, et le ferry pour Nidri ne s'arrête pas ici. Tous les bateaux sont loués et je ne veux pas mêler Dell et Alex à cette histoire...

— Je suis allé chez eux pour voir si tu y étais. Dell m'a dit qu'elle t'avait croisée.

— Alors, ils savent que je ne veux pas de ce mariage ? Comme ils t'adorent, ils doivent me détester. C'est embarrassant.

— Pas du tout. Toi aussi, ils t'adorent. Par ailleurs, tu sais que tu ne peux pas quitter l'île, n'est-ce pas ?

— Je suis une invitée, pas une prisonnière.

— Bien sûr que non ! s'exclama-t-il. Comment peux-tu penser une chose pareille ?

Il y avait de la détresse dans sa voix.

— Excuse-moi. Je ne voulais pas dire ça. Tu as fait preuve de beaucoup de gentillesse envers moi.

— Je ne peux pas supporter de te voir partir.

— Nous nous reverrons. À Londres, à l'hôpital, pour mon échographie.

Il s'approcha d'elle et posa les mains sur ses épaules.

— Oui, la garde partagée... Ça ne veut donc rien dire pour toi, tout ce qui s'est passé entre nous cette semaine ? Et ce matin ?

— Tu parles de l'interlude érotique ou de la transaction que tu veux me faire signer ? demanda-t-elle sur un ton si glacial.

— Excuse-moi. En y repensant, je comprends que je m'y suis mal pris.

— Tu as évoqué ce mariage comme la situation la plus « pratique » pour notre enfant comme pour nous. Et, cerise sur le gâteau, nous nous entendons bien au lit !

La voix de Claudia n'était plus aussi sereine qu'elle l'aurait voulu.

— Tu n'as pas compris.

— Tu sais, l'idée de ce mariage ne m'a jamais enthousiasmée, mais je ne l'ai pas complètement écartée non plus. Tu m'as demandé de t'épouser, mais à aucun moment tu n'as prononcé le mot « amour », alors que pour moi, l'unique raison qui pourrait me pousser à me marier, c'est d'être follement amoureuse. Et que l'autre le soit aussi.

— Si je ne t'aimais pas, je ne t'aurais pas demandée en mariage.

— Tu as parlé d'attirance physique, d'intérêts communs, de ton désir de nous protéger, le bébé et moi, mais jamais d'amour.

La veille au soir, elle l'avait convaincu de regarder une comédie romantique à la télé. Assise à côté de lui, elle lui donnait un coup de coude chaque fois qu'il s'endormait. Il avait reconnu qu'il préférait les films d'action, mais elle avait adoré cette romance aux nombreux rebondissements, où les héros n'étaient réunis qu'à la toute fin.

— Je ne me suis pas montré assez romantique, reconnut-il.

— Si, puisque tu as gardé mon chapeau. Mais tu ne m'as pas parlé d'amour.

— Je t'aime, Claudia, dit-il en la fixant droit dans les yeux. Je suis tombé amoureux dès l'instant où je t'ai vue dans ce bar de Santorin. Mais peut-être parce que j'étais jeune ou parce que c'étaient les vacances, je t'ai bêtement laissée partir au lieu d'attendre que tu sois prête à m'épouser.

— Stefanos...

— J'y pense depuis que nous sommes arrivés sur cette île. Le premier jour, alors que tu étais si malade et que j'ai dû te porter dans ton lit, j'ai compris que tu étais ici chez toi et que je ne voulais plus que tu t'en ailles.

— Et moi, j'ai rêvé que tu m'appelais *koukla mou*, comme autrefois, dit-elle en lui prenant la main.

— Ce n'était pas un rêve. Je ne veux pas me marier avec toi parce que tu es enceinte et que c'est la meilleure solution, mais pour vivre avec toi, me réveiller avec toi chaque matin, et nager autour de l'île.

— Tu comprends que si tu avais formulé ta demande de cette façon ce matin, ma réponse aurait été différente ?

— J'ai commis une erreur, sans doute, inconsciemment, pour me protéger. Toutes ces erreurs, ces mariages désastreux, je les ai commises parce que je te cherchais, en vain. La seule femme que j'ai aimée se trouve ici, en face de moi, et elle me regarde comme si j'étais devenu fou.

— Pas plus fou que moi qui n'ai jamais aimé qu'un homme ! Mon premier amour était le bon. Je t'aime, Stefanos, et je souffrais de ne pas te le dire.

— Pourquoi ?

— Parce que je n'étais pas certaine que mon amour était partagé.

— Et maintenant ?

— Maintenant, je le sais, et je suis folle de joie. Mais il faudra qu'on continue à se dire « je t'aime » et à le prouver.

— Veux-tu m'épouser ?

— Oui, mille fois oui ! répondit-elle en levant vers Stefanos des yeux bleus remplis d'amour et de bonheur avant de se blottir contre lui. Je veux passer ma vie avec toi et profiter de cette seconde chance qui nous est offerte.

— Offerte par qui ?

— Par le destin, bien sûr, dit-elle avec un sourire qui réchauffa le cœur de Stefanos.

Ils échangèrent de longs et tendres baisers qui devinrent vite plus passionnés, avant de faire l'amour lentement, exquisément, en se chuchotant des mots doux.

— Tu ne regrettes pas qu'on ne soit pas restés ensemble il y a dix ans ? murmura-t-elle.

— Non. Ce que je veux, c'est être sûr que tu seras toujours à mes côtés quand tu seras une vieille dame aux cheveux blancs.

— Avec nos enfants et nos petits-enfants. J'aime cette idée.

Elle se nicha contre lui. Ils avaient vaincu tant de difficultés et surmonté tant d'aléas… Mais peut-être avait-elle besoin de voir le monde et de satisfaire son désir d'indépendance avant de revenir à lui ?

— Dell et Alex seront heureux d'apprendre la nouvelle, dit-il, et si tu en as envie, tu peux jouer un rôle au Pevezzo Athina.

— C'est vraiment le plus bel hôtel du monde, et ça me plairait bien. Il m'a redonné envie de travailler dans l'hôtellerie.

— Ma maison à Athènes te plaira aussi. En marbre blanc, très moderne et donnant sur la mer. Tu voudras sans doute y apposer ta marque. Et puis il y a l'appartement de Bloomsbury, à moins que nous n'achetions une maison à l'extérieur de Londres. Cela dépend du temps que tu consacreras à PWP.

— Nous avons récemment aidé à déménager une femme qui a proposé à Kitty d'investir ou même de racheter entièrement notre affaire, à notre choix. Kitty m'a appelée hier pour m'en parler et nous nous sommes dit que c'était peut-être le moment d'en profiter puisque nos deux vies changeaient de direction.

— Je t'ai toujours dit qu'affronter de nouveaux défis aidait à grandir. C'est sûrement le bon moment pour toi de t'intéresser à autre chose. Une dernière question : comme cadeau de mariage, tu aimerais un bracelet de diamants ?

— Non, merci, ce n'est pas trop mon style, mais des boucles d'oreilles, pourquoi pas ?

— Tu choisiras ce qui te plaira.

Elle l'embrassa en repensant à la soirée où elle l'avait vu pour la première fois entrer dans le bar, beau comme un dieu grec. Leurs regards s'étaient croisés, plus rien d'autre n'avait compté, et sa vie avait définitivement changé. Maintenant qu'ils s'étaient retrouvés, ils allaient vivre ensemble, mari et femme. Un voyage qui commençait le jour même.

17

Claudia se souvint du matin où, du pont du *Daphne*, elle avait découvert la petite église blanche perchée au sommet d'une colline, un peu à l'écart du Pevezzo Athina. Qui aurait cru que, quelques semaines plus tard, elle y épouserait Stefanos par une merveilleuse journée d'été ?

Ses amis de Londres avaient été stupéfaits qu'elle se marie si précipitamment, mais elle leur avait fait remarquer que cela faisait déjà dix ans qu'il lui avait fait sa demande. Le plus grand styliste d'Athènes avait dessiné sa robe de mariée, celles des jumelles, Lucy et Lily, ainsi que celles de Kitty, de Dell, de sa mère et de celle de Stefanos.

Les tests avaient montré qu'elle attendait un seul bébé, une fille qui s'appellerait Dimitra Anne, les prénoms de ses deux grands-mères.

La réception se tiendrait dans la belle villa de Dell et d'Alex : plats élaborés par les cuisiniers de l'hôtel et vins en provenance de leur vignoble. Claudia n'aurait pu souhaiter mieux.

Debout sur le parvis de l'église, entourée de ses demoiselles d'honneur comme un bouquet de fleurs bleues, elle avait accueilli ses invités sur le seuil, selon la coutume grecque, et se préparait à remonter l'allée de la petite église.

Stefanos l'attendait à l'intérieur avec son témoin, Alex, et un prêtre de la famille Adrastos célébrerait la cérémonie.

— Tu es prête, chérie ? demanda sa mère en lui prenant le bras. Tu épouses un homme exceptionnel, et j'en suis ravie pour toi. Je te promets de ne jamais plus te demander pourquoi tu l'as rejeté quand tu avais dix-neuf ans.

Claudia éclata de rire et serra sa mère contre son cœur. Les jumelles la précédèrent dans l'allée, semant des pétales de roses, suivies de Kitty et de Dell. Puis elle s'avança lentement au bras de sa mère et tous les visages se tournèrent vers elle. Mais elle n'avait d'yeux que pour l'homme qui l'attendait devant l'autel de pierre, son futur mari, vêtu d'un costume de lin blanc, qui la regardait en souriant. Le seul homme qu'elle avait jamais aimé et qu'elle aimerait jamais. Son cœur bondit de joie.

Stefanos avait toujours trouvé que le blanc seyait à Claudia, par exemple, ce bain de soleil de coton qu'elle portait à Santorin. Mais aujourd'hui, dans cette robe longue de dentelle, très élégante dans sa simplicité, elle était belle à couper le souffle.

Après toutes ces années noires, enfin le destin lui souriait et son premier amour devenait éternel. Il se plia aux traditions de leurs deux familles : les anneaux furent bénis, deux couronnes furent posées sur leurs têtes, reliées par un ruban, et ils partagèrent une coupe de vin.

Devenus mari et femme, ils furent autorisés par le prêtre à s'embrasser, ce qui n'était pas vraiment une tradition grecque.

— Je t'aime, murmura Stefanos. Bien plus que je ne saurais te le dire.

— Moi aussi, je t'aime, répondit-elle d'une voix brisée par l'émotion. Nous ne nous le redirons jamais assez.

Main dans la main, en souriant, ils redescendirent l'allée, heureux de faire leurs premiers pas ensemble sur un nouveau chemin.